KB118044

기억해라, 장미 한 송이에 목숨 하나……

벨은 나무랄 데 없이 아름다운 아가씨였고,
아버지의 사랑을 가장 듬뿍 받는 딸이었다.

"우린 이제 어떻게 되는 거지?"

"이렇게 멋진 선물을 누가 만들어주었을까?
어디 숨었니? 겁내지 말고 나와봐."

"성밖으로 나가서는 안 돼……"

"얘들아! 보물이 기다린다! 출발!"

야수는 어둠 속에 몸을 숨긴 채
이글거리는 눈으로 그 광경을 지켜보고 있었다.

"그의 곁으로 돌아가게 해주세요.
그것이 제가 '이 세상 무엇보다' 간절히 바라는 거예요……"

벨은 난생처음 보는 앙증맞고 신기한 생명체를 마주하게 되었다.

LA BELLE ET LA BÊTE
by Christophe Gans, Sandra Vo-Anh, Vanessa Rubio-Barreau

© 2014 ESKWAD - PATHÉ PRODUCTION - TF1 FILMS PRODUCTION - ACHTZEHNTE BABELSBERG Film
pour le film de Christophe Gans
© Gallimard Jeunesse, 2014
pour la présente édition
Korean Translation Copyright © MUNHAKDONGNE Publishing Corp., 2014
All rights reserved.

This Korean edition was published by arrangement with
Gallimard Jeunesse through Sibylle Books Literary Agency Co., Seoul.

이 책의 한국어판 저작권은 시빌 에이전시를 통해 Gallimard Jeunesse와
독점 계약한 (주)문학동네에 있습니다.
저작권법에 의해 한국 내에서 보호를 받는 저작물이므로
무단 전재와 무단 복제를 금합니다.

이 도서의 국립중앙도서관 출판예정도서목록(CIP)은
서지정보유통지원시스템 홈페이지(http://seoji.nl.go.kr)와
국가자료공동목록시스템(http://www.nl.go.kr/kolisnet)에서 이용하실 수 있습니다.
(CIP제어번호: CIP2014014356)

마담 드 빌뇌브 원작

크리스토프 강스 · 상드라 보안 시나리오

바네사 뤼비오바로 소설 | 홍은주 옮김

문학동네

프롤로그

그곳이 어디이고 때는 또 언제인지, 그것은 알 수 없다. 바로 이곳에서의 일이거나 머나먼 곳에서의 일일 수도 있고, 까마득한 옛날의 일이거나 아직 닥치지 않은 내일의 일일 수도 있다. 어쨌거나 세상의 많은 아이들이 매일 저녁 그러듯이 한 오누이가 아늑한 침대 속에서 엄마가 들려줄 옛날이야기를 기다리고 있다.

"엄마, 오늘은 무슨 이야기예요?"

숱 많은 머리에 개구쟁이처럼 보이는 사내아이가 장난기 어린 눈동자를 반짝이며 묻는다. 그러자 젊은 여인이 가죽 장

정의 두툼한 책을 손에 들고서 쉿, 하며 아이들 옆에 앉는다. 표지에는 제목도 지은이 이름도 없고, 새빨간 장미 한 송이만 그려져 있다.

"이제부터 이야기를 시작할 테니 귀를 활짝 열고 들어보렴. 오늘밤엔 특별히 더 아름다운 이야기니까."

"장미 이야기예요?" 금발의 곱슬머리 여자아이가 눈이 동그래져서 묻는다.

"그래. 장미 이야기이기도 하고…… 다른 많은 것들이 등장하는 이야기란다. 자, 들어보렴……"

제1장

옛날 옛날, 부유한 상인 한 사람이 있었다. 너그럽고 정직한 그는 사랑하는 아내가 세상을 떠난 후 여섯 아이들의 행복만 생각하며 살았다.

그에게는 세 명의 아들이 있었다. 훤칠하고 힘이 센 장남 막심은 도박을 좋아하고 걸핏하면 주먹다짐을 했고, 둘째 장바티스트는 온종일 두꺼운 책 속에 파묻혀 지내는 문학청년이었다. 마지막으로 막내 트리스탕은 형제 중에 제일 정이 많고 생각이 깊었다. 마찬가지로 그에게는 딸도 셋 있었는데, 멋부리기 좋아하는 두 딸 클로틸드와 안은 사내들의 환심을

얻기 위해 늘 옷과 보석을 사들이기에 바빴다. 변덕스러운 두 딸들과는 달리, 막내딸만은 언제나 차분하고 상냥하며 매력이 넘쳤다. 그녀의 이름은 벨*. 이름에 걸맞게 그야말로 나무랄 데 없이 아름다운 아가씨였다. 찰랑거리는 황금빛 머리칼에 맑게 빛나는 푸른 눈동자, 도자기처럼 고운 살결, 생생한 장밋빛 입술까지…… 꾸미지 않아도 아름다움이 넘쳐흘렀고, 사랑스러운 마음씨에 그녀의 미모는 더욱 빛이 났다. 상인이 직접 드러낸 적은 없지만, 벨은 아버지의 사랑을 가장 듬뿍 받는 딸이었다.

상인에게는 세 척의 배가 있었고, 그것은 그의 전 재산이자 자랑거리였다. 시렌 호, 트리통 호, 그리고 레비아탕 호. 이 세 척의 배는 그가 사고파는 값진 물건들을 가득 싣고 먼바다를 구석구석 누볐다.

그런데 긴 항해를 마치고 돌아오던 배들이 거센 폭풍우를 만났다. 어마어마한 물기둥이 갑판을 후려치고, 바람이 돛을 찢고 돛대를 부러뜨렸다. 선장들은 선원들을 살리기 위해서

---

* '벨Belle'은 프랑스어로 '미녀' '아름다운'이라는 뜻이다.

배를 버리기로 결정할 수밖에 없었다. 결국 집채만한 파도에 휩쓸린 세 척의 호화로운 무역선은 찬 바닷속으로 영영 자취를 감추고 말았다……

상인은 파산했다. 귀한 화물들은 바다 밑에 가라앉아버렸고 남은 것은 빚뿐이었다. 그가 진 빚을 변상받기 위해 집행관들이 몰려와 가구와 골동품을 압류해갔다. 그의 가족은 빈 털터리가 되어 시골로 떠나게 되었다. 널찍한 저택, 충실한 하인들과 가까운 벗들, 당연하게 누렸던 많은 일들…… 그들에게 즐거움이었던 모든 것을 뒤로하고 떠나야 했다.

그것은 몹시 괴로운 일이었다. 막심은 골목마다 갖가지 무용담과 추억이 밴 이 도시를, 특히나 단골 술집들을 등져야하는 것이 원통했다. 장바티스트는 시골에는 변변한 책 한 권 없을 거라며 낙담했다. 트리스탕은 친구들에게 작별 인사를 할 마음조차 들지 않았다.

하지만 뭐니뭐니해도 제일 속이 상한 사람은 안과 클로틸드였다. 화려한 도회의 삶을 몹시도 사랑했던 두 처녀는 구석진 시골에 처박혀 살 생각에 가슴이 무너졌다.

떠나는 날, 두 자매는 계단에 버티고 서서 집행관들을 가로

9

막았다. 집행관 하나가 화장대를 가져가려 하자 안이 부채를 흔들며 소리쳤다.

"그거 당장 제자리에 돌려놔요! 안 그러면 눈을 후벼파줄 테니까!"

두 자매는 불쌍한 아버지를 들볶았다.

"아버지, 어떻게 좀 해봐요! 저 몰인정한 사람들이 벌써 드레스며 보석이며 죄다 챙겨간 것도 모자라서 이제 집까지 가로채려 하잖아요!" 클로틸드가 분통을 터뜨렸다.

그러자 안이 짐짓 과장된 몸짓으로 가슴에 손을 얹으며 말했다.

"더는 못 참겠어요! 나 죽을 것 같아!"

"우린 이제 어떻게 되는 거지?" 클로틸드가 헝겊 인형처럼 힘없이 풀썩 쓰러지는 안을 붙잡고 한탄했다.

"얘들아, 어리광은 그만 부리거라! 서둘러야 해. 떠나야 할 시간이야." 상인이 말했다.

그러고는 마침 세 척의 모형 배 쪽으로 손을 뻗던 집행관을 향해 소리쳤다.

"잠깐, 그건 건드리지 마시오. 그것만은 내가 가져가겠소."

집행관은 어깨를 으쓱해 보이고는 다리에 황금 장식이 달린 대리석 테이블을 가리키며 물었다.

"그럼 저건요?"

"가져가구려. 맘대로 하시오. 어쨌든 제일 소중한 것은 이렇게 챙겨가니까."

상인은 쓸쓸하게 고개를 끄덕이며 말을 마치고는 주위를 둘러보고 눈썹을 찌푸렸다.

"벨은 어디 갔니? 마차가 기다리는데!"

그러자 안이 몸을 벌떡 일으키며 쏘아붙였다.

"그저 입만 열면 벨, 벨! 아버진 그애밖에 모른다니까!"

상인은 벨을 찾아 아무 말 없이 밖으로 나갔다. 마당에서 아들들이 얼마 안 되는 짐들을 마차 짐칸에 싣고 있었다.

"얘들아, 벨을 보지 못했니?"

소리쳐 묻는 상인의 목소리에 막심과 장바티스트가 잠시 일손을 멈추었다.

"못 봤는데요. 이참에 아주 집을 나가버렸는지도 모를 일이죠." 막심이 짓궂게 웃으며 대답했다.

그러고는 다시 짐가방 하나를 들어올리며 장바티스트를

향해 투덜댔다.

"어이쿠, 왜 이렇게 무거워! 대체 뭘 넣었는데 이래?"

"내 책들이랑 공책, 스케치북. 놔두고 갈 수는 없었어."

"흐음, 잘했다. 땔감 없을 때 태우면 되겠네."

이제까지 아이들을 전부 길러준 유모가 트리스탕을 품에 꼭 끌어안고 속삭였다.

"아버지를 잘 보살펴드리렴. 그리고 막심이 얼마 안 남은 생활비마저 흥청망청 도박으로 탕진해버리지 않도록 신경써야 해. 여기서 어울리던 나쁜 친구들과 떨어져 지내는 편이 외려 그 아이한텐 잘된 일일 거야."

트리스탕은 여전히 유모의 앞치마에 얼굴을 묻고서 나지막이 대답했다.

"약속해요! 걱정하지 마요, 다 잘될 거예요."

유모가 그의 머리를 쓰다듬어주었다. 친엄마처럼 정성을 들여 키운 이 아이들, 특히 누구보다 아꼈던 트리스탕과 벨을 떠나보내야 한다는 생각에 가슴이 미어졌다.

"어이쿠, 얌전히 좀 다녀요! 이 아가씨들아!"

높은 구두를 신은 안과 클로틸드가 레이스 달린 치맛자락

을 펄럭이며 요란스레 앞뜰을 가로지르는 통에 나이 많은 유모는 순간 휘청했고, 두 자매는 수치심을 감추려 부채를 높이 쳐들고 얼굴을 가린 채 서둘러 마차에 올라탔다. 울타리 밖에는 그들의 출발을 지켜보기 위해 벌써 수많은 구경꾼들이 몰려와 있었다. 그중에 몇몇은 부유한 상인 가족을 덮친 불운을 고소해하기도 했다.

"누구든 웃기만 해봐, 내 주먹맛을 보여줄 테다."

"그냥 무시하는 게 낫대도."

분통을 터뜨리는 막심에게 장바티스트가 점잖게 말했다.

"시골 구석에 숨어 살기 전에 몸 좀 풀고 가는 것도 나쁘지 않을걸!" 하지만 막심은 동생의 말에 아랑곳하지 않고 주먹을 쳐들었다.

"글쎄 그렇지 않대도. 형은 좀 조용히 있는 게 나을 것 같은데……"

"음…… 뭐, 어쩌면 네 말도 일리가 있겠다."

막심이 갑자기 얌전해진 데는 이유가 있었다. 구경꾼들 틈에서 실크해트를 쓴 낯익은 얼굴을 발견한 것이다. 수상쩍은 깡패 둘을 양옆에 거느린 음침한 낯빛의 사내가 그를 쏘아보

고 있었다.

　막심은 고개를 숙이고 동생과 함께 얼른 자리를 벗어났다.

　아직 막내딸을 찾지 못한 상인이 긴 한숨을 뱉었다. 그는 집안으로 들어가 텅 빈 방들을 하나하나 열어보며 딸의 이름을 외쳐대기 시작했다.

　막내딸은 어디에도 없었다.

　그는 뒷문을 열고 정원으로 나가보았다. 막내딸은 벽감* 안에 놓인 여인의 흉상 앞에 무릎을 꿇고 있었다. 그녀가 조각상 앞에 흰 꽃 한 송이를 내려놓으며 나지막이 속삭였다.

　"엄마, 안녕. 보고 싶을 거예요. 하지만 엄마는 늘 제 마음속에 있어요. 이제 우리에게 곧 새 생활이 시작돼요."

　상인이 다가가 딸의 어깨에 손을 얹었다.

　"넌 네 엄마를 아주 많이 닮았구나, 벨."

　그러자 입가에 미소를 머금은 채 자리에서 일어서며 벨이 물었다.

　"아버지, 엄마가 살아 계셨다면 시골에서 사는 걸 좋아하

────────────

　* 등잔이나 조각품 따위를 놓기 위해 벽면을 오목하게 파서 만든 건축 공간. '니치'라고도 한다.

셨을까요?"

"아무렴! 좋아했을 거다."

"저도 시골 생활이 좋아질 것 같아요. 틀림없어요."

아버지가 그녀의 이마에 입을 맞추고 말했다.

"그래. 우리 기죽지 말고 용기를 내자꾸나. 서로서로 힘을
합치면 이런 시련쯤은 이겨낼 수 있을 거다."

제2장

도시를 떠나 먼 시골집에 정착한 벨의 가족은 그럭저럭 행복하게 지냈다. 그들이 새로운 생활에 익숙해지기까지 얼마간 시간이 필요했다. 벨은 처음 며칠 동안 침대에 누워 잠들 때까지 자연의 소리에 가만히 귀를 기울였다. 그녀는 바라던 대로 시골에서의 평화롭고 고요한 삶을 좋아하게 되었다.

벨은 가족들에게 부족한 것은 없는지 살뜰하게 살폈다. 오빠들의 힘을 빌려 시골집 구석구석을 손봐 좀더 아늑하고 포근한 보금자리로 만들었다. 밭에서 야채를 거두고, 직접 키운 닭을 잡아 정성껏 요리도 했다.

냄비 속 완성된 요리의 향기를 맡아보던 벨이 고개를 들어
외쳤다.

"식사 준비됐어요!"

그녀의 부름에도 언니들이 나타날 기색이 없자 그녀가 막
심에게 나무 숟가락을 건네며 말했다.

"자, 오빠, 이 스튜 좀 젓고 있어."

식탁에서 자신의 첫 소설을 쓰고 있던 장바티스트가 펜을
내려놓고 아랫배를 내려다보며 투덜거렸다.

"여기 온 이후로 배가 부쩍 나왔다니까!"

"그럴 수밖에. 온종일 책만 들여다보고 글이나 끼적거리니
까 그렇지. 너 눈치 못 챘냐? 네가 좋아하는 작가란 사람들은
하나같이 배가 나왔다고!" 스튜를 휘젓던 막심이 대꾸했다.

그사이 벨은 2층으로 올라가며 소리쳤다.

"트리스탕 오빠! 일어나!"

아직 잠이 덜 깨 부스스한 몰골로 황급히 방에서 나오는 트
리스탕에게 벨이 말했다.

"아직까지 잠에 취해 있으면 어떡해! 해가 중천에 떴다
고!"

조곤조곤한 말씨로 트리스탕을 깨우고는 벨은 언니들 방으로 고개를 들이밀었다.

"안 언니! 클로틸드 언니!"

안은 화장대 앞에 앉아 빗으로 파리들을 쫓고 있었고, 클로틸드는 침대에 엎드려 벽에 새겨놓은 막대 모양 표시를 헤아리고 있었다.

"스물아홉…… 서른…… 여기서 성가신 파리떼와 씨름하며 지낸 지 한 달째야. 이러다 따분해서 죽는 거 아닐까?"

"아니면 파리떼에 시달려 죽거나!" 안이 화장대를 빗으로 내리치며 소리쳤다.

"자, 자, 언니들…… 아침에 아버지가 도시로 가셨으니까 재미난 소식을 가져오실지도 몰라. 그동안 내려가서 밥부터 먹자."

"아니, 클로틸드 기분도 그저 그렇고, 우린 여기서 먹을래." 안이 대답했다.

"그건 안 돼, 새로 개발한 메뉴란 말이야! 그리고 점심 먹고 나면 언니들도 밭일을 좀 거들어줘야 할 거야."

"차라리 죽으라고 해라."

이렇게 웅얼대던 클로틸드가 벨이 방을 나가자 한숨을 내뱉으며 덧붙였다.

"저애는 항상 뭐가 저리 즐거운지! 정말 짜증나. 저애를 우물에 빠뜨려버리고 싶을 때가 있다니까."

그러자 안이 한술 더 떠 맞장구쳤다.

"난 쟤를 저 지긋지긋한 토마토들 밑에 묻어버리고 싶기도 해. 야채들은 이제 신물이 나. 아버지가 달콤한 과자나 좀 사오시면 좋겠다!"

식사를 마치고 여섯 남매가 벨의 지시에 따라 텃밭에서 일을 하는 사이 상인이 돌아왔다. 그는 상기된 얼굴로 부지런히 말을 달려오며 아이들에게 커다랗게 손짓을 했다.

아버지에게서 그날 도시에서 있었던 이야기를 듣기 위해 온 가족이 거실에 모였다.

상인은 탁자와 벽난로 사이를 성큼성큼 왔다갔다하더니 이윽고 함박웃음을 짓고 입을 열었다.

"오늘 해양청에 다녀왔다. 청장 뒤몽 씨가 여전히 친절하게 맞아주더라. 큰딸이 어느 백작과 결혼했다는 것 같더라

만……"

샘이 난 안과 클로틸드가 입술을 깨물었다.

"하지만 진짜 중요한 소식은……"

그는 집행관의 손에서 아슬아슬하게 구해낸 세 척의 모형 배를 어루만지며 뜸을 들이다 마침내 환한 얼굴로 말했다.

"그러니까 중요한 사실은 말이다…… 너희 엄마가 제일 좋아했던 시렌 호를 다시 찾았다는 거다! 해안선을 따라 표류하던 걸 사람들이 항구로 끌어왔다는구나!"

"화물들은 어떻게 됐고요?" 막심이 조급하게 물었다.

"멀쩡하다더라! 얘들아, 드디어 우리가 살았나보다!"

시골집 거실에 환호성이 울려퍼졌다.

손을 맞잡은 안과 클로틸드가 말했다.

"가자, 당장 짐 싸야지! 아, 아니다, 지금 있는 것들은 전부 다 태워버리자!"

클로틸드가 춤을 추듯 빙글빙글 한 바퀴 돌고는 아버지 품으로 뛰어들었다.

"난 이제 살았어, 아버지! 다시 살아났다고요!"

"당연히 이런 꼴로 돌아갈 수는 없지. 우리한텐 새 옷, 향

21

수, 그 밖에도 많은 게 필요해……" 안이 딱 잘라 말했다.

"목록을 작성해야겠네!" 클로틸드가 맞장구쳤다.

"품격 있는 도시로 돌아가는 거야!"

"그게 바로 진짜 삶이지!"

두 자매는 팔짱을 끼고서 재잘거리며 자리를 떠났다.

상인은 사뭇 진지한 얼굴로 장남을 따로 불렀다.

"막심, 넌 나랑 같이 이 일을 해결하러 가자. 널 뒤몽 씨에게 소개할 때가 된 것 같다. 내가 은퇴하면 네가 내 뒤를 이어야 한다."

"실망시키지 않을게요."

여느 때처럼 글을 쓰고 있던 장바티스트가 트리스탕에게 말했다.

"넌 네 친구들과 재회하고, 난 내 사랑하는 책들과 재회하고…… 잘됐네!"

오로지 벨만 조금은 무거운 표정으로 잠자코 있었다. 그녀는 다른 형제들처럼 썩 기쁘지는 않은 기색이었다.

"벨, 너는? 너도 좋으니?"

벨은 아버지의 물음에 아무 말 없이 정원으로 나갔다.

상인이 뒤따라가보자 막내딸은 붉게 물든 석양빛을 받으며 텃밭에 쭈그리고 앉아 있었다.

"뭘 하니, 얘야?"

벨은 벌떡 일어나 큼직한 호박 하나를 아버지 손에 건네더니 말없이 당근을 캐기 시작했다.

"토라졌니?"

"아니, 왜 슬퍼할 때 다들 토라졌느냐고 묻죠? 그리고 기뻐할 땐 다들 정신 나갔다고 하고요."

상인이 고개를 가로저었다.

"대체 무슨 일이니? 다른 애들은 다 좋아들 하는데……"

벨이 어깨를 으쓱해 보이고는 도톰한 앞치마에 손을 닦으며 대답했다.

"전 그저 여기서 조금 더 살고 싶었어요……"

"우린 불행을 감추러 떠나왔을 뿐이야. 우리가 살 곳은 여기가 아니다."

벨이 벌겋게 달아오른 얼굴로 아버지를 돌아보았다.

"돌아가면 어떻게 될지는 아버지도 잘 아시잖아요? 막심 오빠는 자칭 친구들이라는 건달들과 다시 어울리겠죠. 언니

들은 남편감을 찾는다며 파티란 파티는 다 쫓아다닐 거고요. 거기다 아버지는 일에 완전히 매여 사실 거라고요!"

상인이 딸의 어깨를 가만히 감싸안았다.

"애야, 언젠가는 가족들이 모두 헤어질 날이 온단다. 너도 마찬가지야. 너도 더 크면 떠나고 싶어질 거야. 더이상 가족을 사랑하지 않아서가 아니라, 그저 네가 여자가 되기 때문이지."

벨이 대꾸할 틈은 없었다. 치맛자락과 장신구를 치렁치렁 바람에 날리며 두 언니가 요란스레 다가오고 있었다. 그것은 그야말로 기념비적인 사건이었으니, 두 아가씨가 우아한 구두를 신은 섬세한 발로 정원의 흙을 밟는 일은 지극히 드물었기 때문이다.

안이 아버지의 코앞에 종이를 팔락팔락 흔들며 말했다.

"이게 우리가 원하는 조촐한 선물들이에요. 붉은 볼연지, 파우더……"

"제비꽃 향수, 목욕 소금……" 클로틸드가 이어받았다. "거기다 각자 이브닝 드레스와 애프터눈 드레스 한 벌씩, 장신구 세트랑 모자. 그리고 모피 목도리, 새틴 구두랑 가죽 구

24

두 각 한 켤레씩……"

목록은 장장 한 페이지를 가득 메웠다.

"하나라도 빠지면 안 돼요! 그랬다간 클로틸드가 단단히
삐칠 거니까." 안이 거듭 힘주어 말했다.

"이것들을 다 장만하려면 돈이 얼마나 들까?" 상인이 놀라
물었다.

"많이요! 아주 많이요! 하나같이 값비싼 것들이니까요!"
두 자매가 입을 모았다.

깔깔거리며 자리를 뜨는 두 언니들을 벨이 아연한 눈길로
바라보았다.

상인이 막내딸 쪽을 돌아보며 물었다.

"얘야, 너는? 넌 뭘 갖고 싶으냐?"

벨은 따뜻한 석양빛에 잠긴 정원 한구석의 거친 땅을 잠시
내려다보았다. 그리고 담담히 말했다.

"장미 한 송이면 돼요. 결국 여기서 싹을 못 틔웠거든요."

막냇동생의 태도에 기분이 상한 두 언니는 한껏 눈살을 찌
푸렸다.

제3장

이튿날 날이 밝자마자 상인은 장남을 데리고 도시로 떠났다. 끌어올린 배에서 화물들을 되찾고 무역을 재개할 수 있다는 생각으로 그들은 희망에 잔뜩 부풀어 있었다. 그러나 안타깝게도 일은 전혀 기대한 대로 굴러가지 않았다.

시렌 호는 항구에 정박해 있었다. 갈매기떼가 불길하게 울어대며 부러진 돛대 주위를 맴돌았다. 선원들이 부지런히 부둣가에 화물을 쌓았고, 집행관들이 화물 목록을 꼼꼼히 작성하고 있었다.

상인 부자가 배에 오르려 하자 사람들이 가로막았다.

"잠깐! 아무도 승선 못해요. 화물 목록을 작성중이오!"

"그게 무슨 소리요? 어쨌거나 이건 내 배인데!" 상인이 항의했다.

"당신들이야말로 남의 화물에 손댈 생각 마요!" 막심이 으름장을 놓았다.

그제야 소동을 알아챈 해양청 청장 뒤몽이 헐레벌떡 달려왔다.

"진정해요, 진정! 이리 오세요, 사정을 설명해드리리다."

그는 항구가 내려다보이는 사무실로 두 사람을 데려갔다. 페르시아 양탄자가 깔리고 아름다운 목재로 장식된 아늑한 사무실의 분위기는 상인의 격노로 여지없이 망가졌다.

"다들 나를 퇴물 취급하는데, 내가 아니었으면 여긴 그저 조그만 어선이나 들락거리는 보잘것없는 항구에 불과할 거외다!"

뒤몽이 손사래를 쳤다.

"애초에 당신이 판단을 잘못한 거예요. 그러게 어쩌자고 그 많은 채권 증서에 서명을 했습니까? 이제 저 화물들은 법적으로 전부 채권자들 몫이에요."

상인이 펄쩍 뛰었다.

"지금 그걸 구경만 할 생각이라는 거요? 이제 와서 모른 체하지 마시오, 뒤몽 씨! 지금 그 자리에 앉게 된 것도 다 내 덕이란 걸 잊었소?"

뒤몽이 냉랭한 눈길로 상인을 쏘아보았다.

"이보세요, 파산하면서 예절도 다 잃어버리셨습니까?"

잠자코 물러서 있던 막심이 뒤몽의 말에 더이상 참지 못하고 급기야 그의 멱살을 잡고 엄포를 놓았다.

"한 번만 더 우리 아버지를 깔보면 후회하게 해주겠어."

"그만둬라, 막심. 폭력은 아무 해결책도 못 된다."

상인의 만류에 막심은 분한 얼굴로 잡고 있던 멱살을 거칠게 풀었고, 뒤몽은 벌겋게 달아오른 얼굴로 비틀거리며 물러났다.

"아버지, 아직도 모르시겠어요? 이제 아버지한테는 재물도 권세도 없다고요. 여전히 대단한 부호라도 되는 줄 아시지만 이젠 무능한 가난뱅이일 뿐이라고요. 아버지 꼴이 하도 딱해서 못 봐주겠다고요!"

막심은 말을 끝내기 무섭게 자리를 박차고 뛰쳐나갔다. 상

인은 얼떨떨해서 눈만 끔벅거리다 뒤늦게 아들의 이름을 부르며 쫓아나갔다.

"막심! 막심!"

하지만 그는 이미 항구의 미로 같은 골목길 어딘가로 사라진 뒤였다.

상인은 악명 높은 이 동네를 뒤지고 다니며 아들을 찾아 헤맸다. 엎친 데 덮친 격으로 눈이 내리기 시작했다. 그는 외투 깃을 턱밑에 단단히 여미고 어깨를 잔뜩 움츠린 채 눈보라를 뚫고 나아갔다.

그러다 어느 주점 앞에서 상인이 문득 발을 멈추었다. 간판을 보고 무언가 짐작이 간 그는 김이 서린 창문 앞에서 잠시 망설이다 조심스럽게 문을 밀었다.

실내는 술에 거나하게 취한 얼굴로 맥주잔을 부딪치며 떠들어대는 뱃사람들로 북적였다. 2층의 손때 묻은 나무 난간 뒤에서는 하얀 얼굴에 긴 갈색 머리의 젊은 여자가 얼굴에 칼자국이 난 사내를 상대로 카드 점을 봐주고 있었다.

"보여…… 초록빛 달 아래 황금 폭포가 흐르고 있어…… 행운이 당신을 기다리고 있어, 페르뒤카스."

페르뒤카스라 불린 사내는 챙 넓은 모자에 넓적한 가죽 벨트를 맨 한 패로 보이는 남자들과 건배를 했다.

"내 뭐랬냐, 얘들아, 우린 부자가 될 거랬지!"

그사이 상인은 사람들로 붐비는 실내를 비집고 계산대 쪽으로 다가가 주인에게 물었다.

"안녕하시오. 난 지금 아들을 찾고 있어요. 그애가 이곳에 종종 드나들었던 것 같소만……"

주인이 멀뚱한 눈으로 그를 위아래로 훑어보았다.

"이런 너절한 데나 드나드는 아들 녀석이라니, 허어, 댁도 참 안됐구려. 그래, 이름이 뭔데요?"

"막심 드 보프르몽."

그러자 와자지껄하던 주점 전체가 상인의 대답 한마디에 물이라도 끼얹은 듯 조용해졌다.

"그 이름이라면 좀더 조그맣게 말했어야죠. 어서 저 뒷문으로 나가주셔야겠소." 주인이 낮은 목소리로 다급히 말했다.

"아니 난 아들을 찾고 있다니까요!"

"안됐지만 댁의 아들을 찾는 사람이 댁 말고도 또 있대도요."

그때 2층에 있던 페르뒤카스가 테이블 위에 잔을 탁 내려놓고는 자리에서 일어섰다. 그는 점술사 여자의 목덜미를 부드럽게 어루만지며 나지막이 속삭였다.

"그럼 이만 실례, 아스트리드. 너의 미모와 점괘에 난 아주 푹 빠졌어!"

"기다려, 아직 카드 하나가 남았……"

"미안. 일이 생겨서."

여자가 뒤집은 마지막 카드를 무시한 채 그는 지팡이와 실크해트를 집어들었다. 그리고 패거리를 거느리고 계단을 내려왔다.

주점 주인이 애원하듯 또 한번 속삭였다.

"어서 뒷문으로 나가라니까요!"

하지만 페르뒤카스 일당이 이미 그를 둘러싼 후였다. 그 나이 어린 불한당이 지팡이를 빙빙 돌리며 입을 열었다.

"보프르몽 씨? 이게 웬 우연이랍니까! 몇 달째 막심을 찾던 중인데…… 이렇게 연로하신 아버님과 딱 마주치다니."

"유감스럽게도 난 댁을 전혀 모르겠는데…… 뉘신지?"

고개를 뻣뻣이 들고 근엄하게 묻는 상인의 질문에 악당은

32

짐짓 놀라는 척하며 모자를 벗고 정중히 허리를 숙였다.

"예, 이 몸, 페르뒤카스라고 합니다! 그나저나 좀 서운한데요, 이 일대에서 절 모르는 사람은 없을 줄 알았는데. 아, 참, 당신네는 이제 여기 살지 않죠. 대체 어디 숨어들 계시나?"

"우린 숨어 지내는 게 아니오, 청년!" 상인이 되받았다.

페르뒤카스가 옷자락을 들어올려 허리에 찬 긴 칼을 드러냈다.

"아드님이 나한테 빚이 좀 있어서 말입니다. 이참에 깨끗하게 해결하고 없었던 일로 하지. 어떻소?"

"내 아들이 댁들 같은 건달이랑 어울릴 리가 없소."

상인이 호주머니에서 동전 몇 개를 꺼내 계산대에 던지며 주인에게 일렀다.

"저들이 좀 잠잠해지게 마실 것을 내주구려!"

"이런! 아니 이 양반이 우리를 완전히 거지 취급하시네! 아무래도 좀 가르쳐줘야 할 모양이야……"

페르뒤카스의 얼굴이 험악해지고, 패거리가 저마다 무기를 꺼냈다. 상인은 뒷걸음질쳐보았지만 빠져나갈 틈은 없어 보였다. 어두컴컴한 실내에 칼날들이 불길하게 번득였다.

그때 주점 주인이 계산대 밑에서 낡은 소총을 꺼내들었다. 그리고 페르뒤카스의 이마에 총구를 바로 겨누고 위협이 느껴지는 낮고 굵은 목소리로 말했다.

"내 가게에선 안 돼. 번거로운 일 만들지 말라고. 이자를 그냥 가만히 내버려둬, 페르뒤카스."

이글거리는 눈빛으로 쏘아보며 페르뒤카스가 한 발짝 물러났다.

주점 주인이 상인을 돌아보며 말했다.

"어서 나가요! 얼른!"

그가 총으로 위협해 페르뒤카스를 잡아두는 사이 상인은 계산대 뒤로 돌아가 창고를 가로질러, 비밀 문을 통해 뒤뜰로 달아났다.

등뒤에서 앙심에 찬 고함이 들렸다.

"두고보시지! 반드시 찾아내고 말 테니까!"

밖으로 나가보니 도시 전체가 온통 차디찬 눈으로 뒤덮인 설원으로 변해 있었다. 상인은 미끄러운 보도 위를 비틀거리며 말을 묶어둔 곳까지 정신없이 달려갔다. 그리고 누가 쫓아올세라 한구석에 몸을 숨긴 채 불안한 눈길로 어깨 너머를 살

폈다. 주위는 잠잠했다……

　이윽고 상인은 불안에 두근대는 가슴을 안고 황급히 말 위에 올라 자리를 떠났다. 그리고 불어오는 매서운 바람과 혹독한 추위, 가슴속 가득한 슬픔에 맞서듯 달리고 또 달렸다. 막심은 대체 어떻게 되었을까? 그는 밑바닥을 전전하며 떠돌아다니는 아들의 모습을 상상해보았다. 어쩌면 어느 인적 없는 음침한 골목길에 정신을 잃고 쓰러져 있는지도 몰랐다.

제4장

도시를 벗어나 시골집으로 향하는 사이 눈발은 더욱 거세져 마치 상인의 눈앞에 흰 장막을 드리운 듯했다. 말이 아무리 발을 굴러보아도 얼어붙은 땅 위에서 발굽은 자꾸만 미끄러졌다. 눈 쌓인 나뭇가지들은 무게를 이기지 못하고 한껏 휘어졌고, 급기야 한 치 앞도 분간할 수 없게 되었다. 온 세상을 하얗게 뒤덮어버린 눈보라 속에서 몇 시간을 헤매던 그는 결국 말 위에서 정신을 잃고 쓰러질 지경이었다. 지칠 대로 지친 피로에 뼛속까지 얼어붙는 추위까지 겹쳐 가까스로 말에 몸을 의지할 뿐이었다.

그때 무시무시한 포효 소리가 숲을 뒤흔들었다. 얼른 몸을 일으킨 상인의 눈에 나무 뒤로 휙 지나가는 짐승의 모습이 보였다. 말은 잔뜩 놀라 흥분해서 앞발을 쳐들고 일어섰다. 상인이 뒤늦게 정신을 차리고 고삐를 다잡았지만 겁을 먹은 말은 마구 날뛰었다. 그리고 이리저리 펄쩍거리다 얼어붙은 비탈 위에서 중심을 잃고 굴러떨어지듯 내달았다.

상인은 가시덤불과 나뭇가지들 한복판에서 간신히 몸을 일으켜 말을 살폈다. 말은 양쪽 앞발이 다 부러져 있었고, 불규칙하고 발작적으로 숨을 헐떡이며 무척 고통스러워 했다.

상인이 말의 콧등을 쓰다듬으며 흐느꼈다.

"내 잘못이야! 용서해다오. 널 여기 두고 갈 수밖에 없다. 게다가 나한텐 네 고통을 덜어줄 칼 한 자루 없구나."

그러자 말의 눈이 스르르 감겼다.

상인은 마지막으로 말을 한 번 바라보고는 지친 몸을 이끌고 길을 떠났다. 얼어죽지 않으려면 어쨌거나 몸을 움직여야 했다. 그때 긴 포효가 또 한차례 숲을 뒤흔들었다. 등뒤에서 공포에 질린 말의 울음소리가 들려왔다. 상인은 몸을 구부린 채 얼굴을 후려치는 차가운 겨울바람과 눈발에 맞서 달리기

시작했다.

얼마나 그렇게 달렸을까. 나뭇가지 사이로 쏟아지는 희미한 불빛이 보였다. 상인은 분별없는 희망에 사로잡혀 캄캄한 어둠 속에서 외쳤다.

"집이다! 집이야!"

그러나 안타깝게도 너무 서두르던 그는 발을 헛디뎌 얼음 골짜기 아래로 떨어지고 말았다. 깎아지른 듯한 절벽 아래로 끝도 없이 추락하는 것만 같았다. 그리고 마침내 뼈마디가 모조리 부러져 죽겠구나 생각한 순간, 그의 몸이 양탄자처럼 푹신한 풀밭에 닿았다.

상인은 그대로 드러누운 채 가만히 정신을 가다듬었다. 여전히 반쯤 넋이 나가 있는 그의 눈앞에 홀연히 반딧불이 한 무리가 나타났다. 그 작은 벌레들은 어둠 속에서 반짝거리며 마치 그를 부르는 듯했다.

가까스로 몸을 일으킨 상인의 눈앞에 울창한 초목과 꽃으로 가득한 신비로운 정원이 펼쳐져 있었다. 조금 전 지나온 숲은 온통 하얀 서리와 눈에 뒤덮인 채 겨울이라는 긴 잠에 빠져 있었지만 이곳에서는 언제까지나 완연한 봄기운이 계

속될 것 같았다.

　나뭇가지 사이로 비치던 희미한 불빛은 이제 아주 가까이 있었다. 그가 불빛을 향해 나아가며 중얼거렸다.

　"아니야, 저건…… 그냥 집이 아니야……"

　오솔길을 따라 걷던 그가 길모퉁이에 다다른 순간, 꽃밭 한가운데 불거져나온 어마어마하게 큰 석상의 머리 부분을 맞닥뜨렸다. 조금 떨어진 곳에는 거대한 손이 땅을 뚫고 나와 있었다. 마치 엄청난 거인이 드넓은 꽃밭을 이불처럼 덮고 잠들어 있는 것처럼 보였다. 참으로 놀라운 정경이었다.

　상인은 반딧불이들의 안내를 받아 계속해서 희미한 불빛을 향해 다가갔다. 비탈진 오솔길을 오르자 웅장한 성채가 보였다. 둥근 지붕이며 건물 외관, 창틀의 석조는 어찌나 섬세한지 마치 레이스를 두른 듯했다. 그의 눈에 들어왔던 희미한 불빛은 네모난 성탑 꼭대기에서 새어나오고 있었다.

　그는 깊디깊은 구렁 위의 다리를 건너, 살짝 열려 있는 높다란 붉은색 문을 밀고 안으로 들어갔다.

　"계십니까?" 상인이 소리쳤다.

　드넓은 공간에 대답 대신 그의 목소리만 메아리가 되어 돌

아왔다. 정교한 장식이 더해진 높고 둥근 천장과 섬세하게 이어 붙인 대리석 바닥이 지난날의 영화를 짐작케 할 뿐, 이제는 버려진 곳인 듯했다. 바닥과 벽과 천장까지 가시 돋친 줄기들을 우아하게 내뻗은 들장미 덤불만이 그곳을 지키고 있었다.

바짝 긴장한 상인이 말을 더듬으며 다시 입을 열었다.

"길을 잃었습니다…… 그런데 마침 문이 열려 있어서……"

바로 그때 삐걱거리는 소리를 내며 문 하나가 열렸다. 조심스러운 발걸음으로 안으로 들어가보니 그곳은 놀랍도록 넓은 식당이었다. 끝을 헤아릴 수 없을 만큼 천장은 아득히 높았고, 그 높은 천장을 나선무늬 장식이 된 육중한 돌기둥들이 받치고 있었다. 그리고 안쪽으로는 커다란 벽난로가 보였다. 사냥 장면이 조각된 테두리 장식이 그의 눈길을 사로잡았다. 두 눈에 루비가 박힌 사자들이 사나운 발톱으로 황금 뿔이 달린 사슴 무리를 짓누르고 있었다.

상인은 순간 흠칫하며 걸음을 멈추었다.

어둠 속에 무언가 있는 것 같았다……

무언가 움직이는 듯한 기척이 느껴졌고 어디선가 속닥거

리는 소리도 들려왔다.

"거기 누구요?"

그러자 촛대 하나에 불이 켜지며 끝을 가늠할 수 없을 정도로 긴 테이블 한구석을 환히 밝혔다. 그러고 나서 조금 떨어진 또다른 촛대에도 불이 켜지며 김이 모락모락 나는 커다란 고기 파이를 비췄다.

군침을 돋우는 음식 냄새에 이끌린 상인은 코를 벌름거리며 가까이 다가갔다. 그리고 무심코 포크 하나를 집어들었다가, 순간 깜짝 놀라 포크를 놓칠 뻔했다. 다이아몬드가 박힌 순금 포크가 아닌가!

"이건 꿈이지? 아니면 내가 죽어서 천국에 온 건가?"

상인은 믿을 수 없다는 듯 자기 살을 꼬집었다.

"아닌데! 난 분명히 살아 있는데? 게다가 배도 고프고!"

상인은 포크로 파이를 찔러보았다. 먹음직스러운 파이를 앞에 두고 잠시 망설이다 그는 곧 허겁지겁 배를 채우기 시작했다.

"흠! 맛있어!"

그리고 꿀꺽꿀꺽 음식을 삼키며 누구인지 모를 이곳의 주

인을 향해 커다란 목소리로 말했다.

"음식에 조금만 손을 대겠습니다. 부디 너그럽게 봐주시면 좋겠네요. 너무 배가 고파서 말이지요. 게다가 음식 맛이 하나같이 너무 좋아서……"

이윽고 다른 촛불들에도 불이 밝혀지며 잘 익은 과일이 가득 담긴 바구니와 최고급 요리를 담아낸 접시들, 반짝반짝 빛나는 크리스털 병들이 차례차례 드러났다.

그는 포도주를 따라 한 모금 맛보고 입맛을 쩝 다시더니 남은 술을 단숨에 들이켰다.

"맛이 기가 막히군!"

그는 테이블을 따라 한 걸음씩 앞으로 나아갔다. 그때마다 마치 마법처럼 등뒤의 촛불들은 저절로 꺼지고 앞쪽의 촛불들이 새롭게 불을 밝혔다.

요정인지 짐승인지 모를 십여 마리의 앙증맞은 털북숭이들이 새 요리를 내놓느라 어둠 속에서 분주히 움직이고 있다는 사실을 그가 알 리 없었다. 공교롭게도 마침 한 녀석이 휘청거리다 요란한 소리를 내며 접시를 깨뜨렸다.

상인이 소스라쳐 돌아보았다. 그는 소리가 난 쪽으로 몸을

기울여 테이블 밑을 들여다보았지만 범인은 이미 사자 발 모양의 테이블 다리 뒤로 날쌔게 몸을 숨긴 후였다.

그는 몸을 일으키려다 어지럼을 느끼고 비틀거렸다. 그리고 여전히 정체를 알 수 없는 작은 생명체들이 때맞춰 가져다준 안락의자 위에 털썩 주저앉았다.

"미안합니다, 아까 마신 포도주 때문에 술기운이 조금 올라오나봅니다. 하지만 걱정하지 마세요, 금방 떠날 테니까요."

그가 잠시 한숨 돌리고 있던 차에 갑자기 식당 한구석의 샹들리에에 불이 번쩍 들어왔다. 쏟아지는 금빛 조명 아래 커다란 궤 두 개가 놓여 있었다. 상인은 호기심에 이끌려 다가가 뚜껑을 열었다.

이럴 수가!

상인은 떨리는 손으로 호주머니를 더듬어 두 딸이 건넨 선물 목록을 꺼내들었다. 그는 부지런히 목록을 훑어보며 갖가지 물건들로 가득한 궤 속을 뒤적였다.

"드레스, 모피 목도리, 볼연지…… 아이들이 부탁한 것이 전부 들어 있잖아! 아니, 하나만 빼고…… 벨이 부탁한 장미

꽃만 없네!"

그때 그의 등뒤에서 말 울음소리가 들렸다.

뒤를 돌아본 상인은 너무 놀라서 말문이 막혔다. 다리가 부러져 숲에 버려두고 온 말이 다친 다리에 붕대를 감고서 멀쩡하게 그를 향해 다가오고 있었다! 말은 어느새 궤 옆에 버티고 서서 재촉하듯 앞발을 굴렀다.

그가 감격에 겨워 말의 목덜미를 토닥이며 말했다.

"너구나! 대체 누가 치료해주더냐? 다시는 못 볼 줄 알았는데. 도무지 이게 다 무슨 조홧속인지 모르겠다만…… 한 가지 분명한 건 눈앞에 기회가 있을 때 붙잡아야 한다는 거지. 이 귀한 물건들을 집으로 가져가자꾸나. 아이들이 무척 좋아할 거야, 그렇지?"

상인은 말의 귀에 그렇게 속삭이고는 궤 두 개를 안장 양쪽에 하나씩 밧줄로 동여맸다. 그리고 말을 끌고 성밖으로 향했다.

성문 앞에 이르러 그가 어둠 속을 향해 외쳤다.

"이곳의 주인님이 누구신지 모르겠지만 이런 은혜를 베풀어주시다니 정말 감사합니다."

그리고 마치 요술처럼, 사라졌던 반딧불이들이 때마침 다시 나타나 길을 밝혀주었고, 그는 무사히 정원을 가로지를 수 있었다.

오솔길을 돌아 정원을 벗어나려는 순간, 상인의 눈에 거대한 장미나무 한 그루가 들어왔다. 가지마다 더없이 탐스러운 꽃송이들이 피어 있는 커다란 나무였다. 그는 그중 유난히 아름다워 보이는 장미 한 송이로 손을 뻗었다. 장미는 쉽사리 꺾이지 않았고, 가시들이 그의 손등을 할퀴었지만 그는 아랑곳없이 줄기를 더욱 세차게 잡아챘다.

마침내 꽃이 꺾인 순간, 땅이 흔들리면서 가지들이 벌어지기 시작했다. 그리고 갈라진 장미나무 한복판에서 거대한 석상의 얼굴이 불쑥 솟구쳤다. 돌 거인은 이끼로 뒤덮인 입을 쩍 벌려 찢을 듯한 소리를 내질렀다.

상인은 새파랗게 질린 채 뒷걸음질쳐보았지만 우뚝 몸을 일으킨 돌 거인이 이미 그의 눈앞에 버티고 있었다. 거인의 어깨에는 사람인 듯도 싶고 사나운 짐승 같기도 한 괴물이 올라타 있었다. 밤하늘의 달빛 아래 오직 괴물의 섬뜩한 실루엣만이 뚜렷이 드러났다.

"무릎을 꿇어라!" 야수가 명령했다.

굵고도 부드러운 그 목소리는 마치 호랑이가 으르렁거리는 소리 같기도 했다. 어둠 속에서 야수의 형형한 눈빛이 비쳤다.

상인은 너무 두려워 꼼짝도 할 수 없었다.

"대체…… 대체 누구십니까? 이 궤는 저한테 주신 건 줄 알고……"

"그 무수한 선물도 성에 차지 않았단 말이냐? 너는 내 것을 훔치고, 내가 가장 신성하게 여기는 것을 더럽혔다. 무릎을 꿇으라 했다!"

가엾은 상인이 공포에 질린 채 천천히 무릎을 꿇었다. 꼭 움켜쥐고 있던 장미에서 꽃잎 한 장이 떨어졌다. 그러자 야수가 달려들어 사나운 발톱이 박힌 육중한 발로 그를 바닥에 찍어 눌렀다. 상인은 야수의 이글거리는 눈빛을 차마 마주볼 수 없어 고개를 돌렸다.

"저는 절대 도둑질을 하거나 비겁한 놈이 아닙니다. 저는…… 저는 정직하고 올바른 사람이에요."

그는 자신의 결백을 밝히려 애를 썼지만 야수의 대답은 냉

정했다.

"정말이냐? 그렇다면 정직한 사내답게 당당히 죽어라."

"장미 한 송이 때문에 죽어야 한다고요? 아…… 어쩌자고 우리 가족에게 이리 불행한 일들만 줄을 잇는지……"

한탄하는 상인의 말에 야수가 서서히 발을 떼며 물었다.

"그 장미는 누구에게 주려던 것이냐?"

"제 막내딸에게요. 우리 사랑스러운 벨한테 주려던 것인데……"

"너에게 하루를 주마. 사랑하는 사람들에게 작별 인사를 하고 이곳으로 돌아와라. 그런 다음 네가 받아야 할 벌을 받아라."

단호한 야수의 명령에 상인은 곧 자신에게 닥칠 불행한 운명을 거부하려는 듯 세차게 고개를 가로저었다.

"지금 너한테 선택권이 있다고 생각하는가?" 야수가 따져 물었다.

"아뇨, 아닙니다…… 하지만 전…… 아이들만 남겨두고 떠날 수는 없습니다."

하지만 야수는 상인의 말은 들은 체도 하지 않고 말을 이

었다.

"네 말의 귀에 대고 '이 세상 무엇보다'라고 속삭이기만 하면 알아서 이곳으로 데려다줄 거다."

"안 돼요, 안 됩니다…… 그럴 수 없어요. 가족을 두고 이곳에 되돌아오지는 않을 겁니다."

두 눈을 질끈 감고 고집스레 버티는 상인의 목에 야수는 날카로운 발톱을 들이대며 나지막이 말했다.

"아니, 돌아올 거라 장담하지. 만일 내일 같은 시간에 이곳에 나타나지 않으면 네 가족을 전부 없애겠다. 차례차례, 한 사람씩. 막내딸은 맨 마지막까지 살려두지. 네가 막내딸을 제일 좋아하는 것 같으니 말이야…… 기억해라, 장미 한 송이에 목숨 하나…… 장미 한 송이에 목숨 하나……"

야수의 나지막한 목소리는 이윽고 사나운 바람 소리에 섞여 사라졌고, 상인은 정신을 잃었다.

제5장

정신을 차려보니 상인은 눈보라가 몰아치는 숲속 한가운데에 있었다. 손에는 여전히 장미 한 송이를 쥔 채였다. 저주받은 그 꽃과 말 안장 양쪽에 동여맨 궤 두 짝이 그가 꿈을 꾼게 아니라는 걸 말해주고 있었다. 그동안의 악몽은 안타깝게도 모두 현실이었다. 이제 집으로 돌아가 이 가혹한 소식을 아이들에게 알려야 했다. 그는 장미를 손수건에 싸 호주머니에 넣었다.

반쯤 넋이 나간 채 그는 주변을 휘둘러보았다. 저멀리 흰눈에 뒤덮인 나무들 틈새로 흔들리는 불빛이 보였다. 그쪽으

로 다가서자 아들들의 목소리가 뚜렷해졌다.

"아버지! 아버지!"

막심을 선두로 아들들이 차가운 눈발을 뚫고 그를 찾으러 온 것이다. 상인은 깊이 안도했다. 어쨌거나 막심은 한발 앞서 무사히 집에 돌아간 모양이었다.

"얘들아, 얘들아! 나 여기 있다!" 그가 소리쳤다.

재회의 감격을 나눈 아버지와 아들들은 서둘러 아늑한 집으로 돌아갔다.

밤은 깊었지만 온 가족이 거실에 모였다. 상선의 화물은 압류당했고, 그들은 여전히 빈털터리 신세를 면치 못하게 되었다는 소식을 막심에게 들어 이미 알고 있던 자식들은 아버지가 가져온 커다란 궤 두 짝을 보고 놀란 표정이었다. 그 아이들에게 끔찍한 진실에 대해 털어놓기란 참으로 괴로운 일이었다.

막심은 펄쩍 뛰었다. 그는 불행의 화근인 장미가 놓인 탁자 앞을 서성이며 안절부절못했다.

"하지만 아버지, 너무 황당한 이야기잖아요! 괴물이니 마법의 꽃이니, 그런 건 동화에나 나오는 거라고요!"

"게다가 그 괴물이 사는 성으로 다시 데려다준다는 주문은 어떻고요? '이 세상 무엇보다'라니, 그야말로 아이들 그림책에서 막 튀어나온 것 같은 말이네요." 장바티스트도 한마디 거들었다.

"자, 그렇다면 이건 어떻게 설명하겠니?"

상인은 궤를 열었다. 안에는 드레스, 모자, 화장품 등 온갖 호화로운 물건들이 가득했다.

안과 클로틸드는 가슴이 더럭 내려앉았다. 꿈에 그리던 것들이 전부 눈앞에 펼쳐져 있었지만 기뻐할 수가 없었다. 그것은 아버지의 목숨과 맞바꿔야 할 것들이었다!

"우리 잘못이야. 다 우리 잘못이야……" 클로틸드가 울먹이며 말했다.

"바보 같은 소리 하지 마. 장미꽃을 가져다달라고 한 건 네가 아니잖아!"

안이 매섭게 말허리를 끊자 장바티스트가 중재에 나섰다.

"자, 자, 그만들 해. 이건 누구 잘못도 아니야."

"천만에! 이건 벨 때문이야, 언제나 벨이 문제라고."

안은 개의치 않고 분노로 가득찬 눈으로 막냇동생을 쏘아

보았다.

그때 상인이 일어나 아이들의 입씨름에 종지부를 찍었다.

"조용히들 해라. 그 야수의 정체가 뭐고, 그런 마법의 힘이 어디서 나오는지 나도 알 길이 없다. 분명한 건 장미 한 송이를 훔친 죄로 나는 몇 시간 안에 그곳으로 돌아가야 한다는 거야."

"그럼 이제 아버지는 어떻게 되시는 거예요?" 트리스탕이 걱정스러운 얼굴로 물었다.

"나도 모르겠구나. 야수는 이렇게만 말했으니까. '장미 한 송이에 목숨 하나……'"

"만일 다시 돌아가지 않으면요?"

트리스탕의 두번째 질문에 상인은 심각한 눈빛으로 아이들을 차례차례 바라보았다.

"그러면 우리 모두 죽게 될 거야."

벨은 사색이 된 얼굴로 장미가 놓인 곳으로 다가갔다. 그리고 아무 말 없이 가만히 장미를 응시하다 무슨 생각이 들었는지 홀연히 자리를 떠났다.

상인이 벨을 쫓아 계단을 올랐다. 자기 방으로 간 벨은 밖

으로 나갈 채비를 하고 있었다.

"벨, 대체 어쩌려고? 뭘 하는 거냐?"

"아무 말 마세요. 다들 무슨 생각을 하고 있는지 알아요. 엄마는 절 낳다가 돌아가셨고, 이제 아버지까지⋯⋯"

상인이 고개를 저으며 말했다.

"어리석은 생각 말거라!"

"저 때문에 아버지까지 잃었다는 말은 듣고 싶지 않아요."

벨은 하얀 리본으로 머리를 묶으며 결연하게 채비를 마치고는 아버지를 남겨둔 채 문을 쾅 닫고 방을 나가버렸다. 상인도 벨을 따라나서려 했지만 이미 문은 밖에서 잠긴 후였다. 방안에 갇힌 그가 문을 두드리며 소리쳤다.

"벨! 벨! 당장 돌아와! 안 돼! 그런 짓 하지 말거라, 얘야!"

언니 오빠의 놀란 눈길을 뒤로하고 벨은 쏜살같이 거실을 가로지르며 어깨에 망토를 걸치고는 집을 떠나며 외쳤다.

"날 잊지 마! 언제까지나 날 사랑해야 해!"

벨은 안뜰에 매어둔 아버지의 말에 올라타 달리기 시작했다.

"안 돼! 벨! 돌아오라니까!"

벨이 마지막으로 뒤를 돌아보았다. 집 앞까지 따라나와 눈물을 흘리고 있는 아버지의 모습이 보였다. 그는 막내딸을 쫓아가려 했지만 다른 아이들에게 붙들려 그럴 수 없었다. 그가 힘없이 눈밭에 주저앉았다.

벨은 박차를 가하며 말의 귓가에 속삭였다.

"나를 성으로 안내해줘. 아버지 목숨을 구할 수 있도록 나를 그 야수한테 데려다줘. 그게 내가 바라는 거야…… '이 세상 무엇보다.'"

마법의 주문을 외우자 말이 긴 울음소리를 내더니 더욱 힘 있게 내달리기 시작했다. 얼마나 빠른 속도로 땅을 박차고 달려가는지 말은 새하얀 눈먼지를 일으키며 날아가는 듯했다. 말이 지나는 자리마다 나무와 덤불 들은 차례로 갈라지며 온 숲이 길을 터주었다.

벨은 얼굴을 할퀴고 지나가는 나뭇가지를 피해 말의 목덜미에 단단히 매달린 채 바짝 몸을 낮췄다. 벨의 머리에 매여 있던 하얀 리본은 속도를 이기지 못하고 바람에 날아가 가시덤불에 걸렸다.

이윽고 바위와 얼음으로 이루어진 거대한 절벽 앞에 다다

르자 달리던 말은 있는 힘껏 멋지게 뛰어올라 절벽의 벌어진 틈새로 들어갔다. 말이 다시 발굽을 내디딘 곳은 이제 더이상 눈밭이 아니라 무성하고 푸르른 풀밭 위였다.

제6장

낮게 드리워 얼굴을 할퀴는 나뭇가지는 모두 사라지고, 벨은 말 위에서 천천히 고개를 들었다. 이제 그녀는 안개에 잠긴 신비로운 정원 한복판을 한 걸음 한 걸음 나아가고 있었다. 아주 자그마한 소리마저 안개 속에 가라앉아버린 듯 주위는 더없이 적막했다.

추위와 두려움에 떨며 벨은 땅 위에 내려섰다. 험한 곳을 헤치고 달려오느라 머리는 헝클어지고, 망토는 찢어진 채 낙엽과 잔가지로 뒤덮여 있었다.

푸른 정원을 가로지르던 그녀는 그녀의 아버지가 그랬던

것처럼, 드넓은 꽃밭에 반쯤 파묻혀 있는 거대한 석상을 발견했다. 그녀는 오솔길을 따라 정원 깊숙한 곳까지 나아갔고, 희미한 새벽빛 속에 웅장하게 서 있는 성채의 모습을 마주했다. 벨은 성의 가장 높은 곳을 올려다보았다. 야수가 성탑 꼭대기에서 창문을 통해 그녀를 내려다보고 있으리라고는 상상조차 하지 못한 채였다.

아버지가 밟았던 길을 똑같이 따라 벨은 다리를 건너, 커다란 문을 밀고 안으로 들어갔다. 성은 깊은 잠에 든 것처럼 어둠과 정적에 싸여 있었다. 문은 모조리 닫혀 있었고, 구석구석까지 스며든 차갑고 희뿌연 안개가 쓸쓸한 기운을 더했다. 어디선가 한줄기 빛이 흘러들어 그녀의 눈앞에 거대한 돌계단을 비춰 보였다. 그때 목소리가 울렸다.

"장미 한 송이에 목숨 하나!"

벨은 한 걸음 한 걸음 계단을 오르기 시작했다. 그리고 계단을 오르며 벽에 붙은 꽃무늬 벽지를 바라보았다. 지난날의 영화를 말해주듯 벽지의 색은 바래 있었고, 그 위로 들장미 덤불이 뻗어나가며 벽지와 한데 뒤섞여 어느 것이 진짜 덤불이고 어느 것이 벽지 무늬인지 분간할 수 없었다. 어둠 속 명

주실로 수놓인 키마이라*와 유니콘 사이에 야수가 웅크리고 있으리란 걸 그녀가 알 리 없었다.

야수는 조용히, 벨에게서 한시도 눈을 떼지 않은 채, 이리저리 뻗친 덩굴을 날렵하게 옮겨 타며 그녀의 뒤를 따라갔다.

계단 끝까지 오른 벨은 낙엽과 장미꽃잎으로 바닥이 뒤덮인 회랑에 이르렀다. 몇 걸음 채 옮기지 않아 조금 전 지나쳐온 문 하나가 그녀의 등뒤에서 갑자기 쾅 하고 닫혔다. 벨은 소스라치듯 놀라 다시 열어보려 했지만 문은 이미 잠겨 있었다.

"이쪽으로!"

그리고 마치 마법처럼 회랑 저쪽 끝에서 문이 열리며 또다시 목소리가 들려왔고, 벨은 새로운 공간으로 조금씩 걸음을 옮겼다.

그곳은 온통 야생식물들로 뒤덮여 있어 방이라기보다는 온실에 더 가까워 보였다.

문득 한기를 느낀 벨이 찢어진 망토 자락을 바짝 여몄다. 그 순간 벽난로에 불이 활활 타오르기 시작했다. 따스한 호박

---

* 사자 머리, 양의 몸, 용의 꼬리를 가진 그리스신화 속 괴물.

색 불꽃이 방을 밝히자 두툼한 안개가 걷히며 칙칙했던 공간이 일시에 아늑하고 포근해졌다. 아름다운 채색 유리창에서 영롱한 빛이 흘러들었다.

화장대 옆에는 무지갯빛 광택이 흐르는 화려한 상아색 실크 드레스가 걸려 있었다. 난생처음 보는 훌륭한 옷이었다. 섬세하게 주름이 잡힌 풍성한 소매는 손목 부분이 다시 잘록하게 좁아졌고 깊이 파인 목선이 어깨를 훤히 드러내고 있었다. 아름다운 드레스에 넋을 잃고 무엇에 홀린 듯 다가가던 벨은 손끝으로 드레스 결을 어루만지려다 행여 더럽히기라도 할세라 급히 손길을 거두었다.

벨은 커다란 자수정 수반을 발견하고 숲을 지나오는 사이 상처투성이가 된 손을 담갔다. 그러자 어디선가 나타난 점점이 반짝이는 작은 빛들이 그녀의 손끝에 맴돌기 시작했고, 이내 믿을 수 없는 일이 벌어졌다. 그녀의 손에 선명했던 상처들이 점점 희미해지더니 끝내 말끔하게 사라진 것이다!

그렇다. 지금 벨의 마음은 둘로 나뉘어 있었다. 한편으로는 이 성에 깃든 놀라운 마법에 경탄했고, 한편으로는 성의 주인과 곧 대면해 아버지에게 닥친 불길한 운명의 정체를 마주하

게 되리라는 생각에 두렵기도 했다.

벨은 화장대 앞에 앉아 긴 머리를 빗어 넘기고, 그녀를 위해 마련된 듯한 그 상앗빛 아름다운 드레스로 갈아입었다. 그리고 자신에게 남은 마지막 저녁 시간을 누리기로 마음먹고 정성껏 몸단장을 했다.

그사이 창밖은 석양빛에 물들어 있었다. 아침에 왔던 길을 눈으로 되짚어보던 벨은 울컥 목이 메어왔다. 한 손으로 보드라운 드레스 자락을 잡고 하얀 어깨 위로 황금빛 머리칼을 찰랑거리며 그녀는 웅장한 돌계단을 내려갔다. 어느 왕국의 공주처럼 당당한 자태였다. 이윽고 거대한 문짝 두 개가 양쪽으로 활짝 열리며 눈앞에 텅 빈 무도회장이 나타났다. 무색할 만큼 황폐하고 쓸쓸한 공간이었다. 불 꺼진 커다란 샹들리에와 바닥 한구석에 버려진 빛바랜 악기들…… 그 황폐함이 마치 그녀의 불행을 예고하는 듯했다.

시간을 알리는 종소리가 울려퍼지기 시작했다. 벨은 이미 체념하고 죽음을 각오하고 있었다. 무도회장을 가로질러 앞으로 나아가는 동안 시계 종소리보다 더 큰 소리가 그녀의 온 존재를 울려대고 있었다. 그녀의 심장이 고동치고 있었다.

마지막 종소리가 일곱시를 알릴 때, 벨이 공간을 나누고 있던 장막을 젖혔다.

　그곳은 놀라울 만큼 호화로운 식당이었다. 테이블을 수놓은 섬세한 은식기와 찬란하게 빛나는 크리스털 잔들까지, 전에 본 적 없었던 훌륭한 것들이 당장이라도 만찬회를 벌일 수 있을 만큼 잘 차려져 있었다.

　테이블 쪽으로 다가가던 벨은 흠칫 놀라 꼼짝도 하지 못하고 그 자리에 그대로 굳어버렸다. 그녀의 뒤를 한 발짝씩 따라오던 야수의 거대하고 무시무시한 그림자가 대리석 바닥에 언뜻 비친 것이다. 벨은 겁에 질려 돌아볼 엄두도 내지 못한 채 입을 열었다.

　"난 벨이라고 해요. 여기 전에 왔던 상인의 딸이에요. 아버지 대신 내 목숨을 바치려고 왔어요."

　"앉아." 야수가 낮은 목소리로 명령했다.

　벨은 공포에 몸을 떨며 자리에 앉았다. 뺨 위로 조용히 눈물이 흘러내렸다.

　그때 누군가 그녀의 무릎 위에 레이스 손수건을 놓아주었다. 벨이 아래쪽을 내려다보자 반드러운 털로 뒤덮인 앙증맞

은 동물의 발이 눈 깜짝할 새에 테이블 밑으로 사라졌다.

"먹어." 여전히 그녀의 등뒤에 선 야수가 명령했다.

그리고 벨이 빵 한 조각을 입으로 가져가자 야수가 부드럽고 깊게 울리는 목소리로 말을 이었다.

"다시 기운을 차리거든 내 영토 안에서는 마음대로 돌아다녀도 좋아. 대신 밤이 되면 성밖으로 나가서는 안 돼……"

"산책이나 하고 다닐 생각은 없어요. 어차피 죽어야 한다면 차라리 빨리 끝내주세요." 벨이 말허리를 끊었다.

"넌 네 아버지보다 용감하구나."

야수의 말에 벨은 무어라 반박하려 했지만 그때 짐승의 으르렁거리는 소리가 그녀의 귓가를 울렸다.

"매일 저녁 일곱시 정각에 넌 여기로 와야 한다."

야수가 그녀 가까이 몸을 기울이며 말했다. 어깨와 목덜미에 닿은 그의 따가운 수염이 느껴지자 벨은 또다시 온몸이 얼어붙는 듯했다.

"도망갈 생각 같은 건 하지 마. 넌 영원히 숲을 벗어나지 못하고 추위와 두려움에 떨다 죽게 될 테니까. 그리고 내가 네 가족쯤은 간단히 찾아낼 수 있다는 걸 잊지 마……"

두려움에 휩싸인 채 벨은 그저 눈물만 흘렸다. 그녀는 야수의 손에 좌지우지되는 성안에 갇힌 포로일 뿐이었다. 실크 드레스, 고급 은식기와 아름다운 도자기 접시, 너른 무도회장, 아늑한 방…… 이 모든 것이 실은 황금빛 철창에 지나지 않았다.

벨은 그렇게 자기 앞에 닥친 가혹한 현실을 조금씩 깨달아 가고 있었다. 그러다 다시 한번 깜짝 놀라 소스라쳤다. 크리스털 물병에 비친 야수의 모습을 발견한 것이다. 맹수 같은 주둥이와 번들거리는 입술. 그녀는 저도 모르게 몸을 돌려 작은 나이프를 휘둘렀다…… 하지만 야수는 이미 사라지고 없었다.

벨은 한숨을 토했다. 칙칙한 털, 거친 목소리…… 너무도 흉측한 모습이었다. 그런 매정한 괴물이 그저 심심풀이로 그녀를 가족과 갈라놓고 이곳에 붙잡아두려는 것이었다.

벨은 조심스럽게 좌우를 살피며 식당을 가로질러 계단을 뛰어올라갔다. 이제 난생처음 가족과 멀리 떨어져 밤을 보내게 될 터였다. 그녀는 너무나도 고독했다……

제7장

방으로 돌아와보니 놀랍게도 침대가 깔끔히 정돈되어 있었다. 반쯤 젖혀진 포근한 이불 사이로는 폭신한 베개가 보였다.

주위를 둘러보았지만 아무도 없었다. 이렇게 살뜰하게 챙겨놓은 하녀는 대체 어디로 가버린 걸까? 그러고 보니 어디선가 수런거리는 소리가 들린 것도 같았다.

벨은 무릎을 꿇고 손을 가지런히 모아 낮은 목소리로 기도했다.

"사랑하는 엄마, 오늘 저녁엔 몹시 두려웠어요. 아버지와

언니 오빠를 잘 보살펴주세요. 가족들이 저를 잊지 않게 해주세요. 제게 용기를 주시고, 사랑으로 저를 지켜주세요."

하루 동안 수많은 감정의 동요를 느끼고 기진한 벨은 옷을 갈아입을 힘조차 없었다. 그녀는 침대로 올라가 이불 속에 웅크리고 있다 옷을 입은 채로 그대로 잠이 들어버렸다. 그러자 마치 마법처럼 촛불들이 저절로 하나씩 스르르 꺼졌다.

벨이 잠들기만 기다렸다는 듯 어디엔가 숨어 있던 정체불명의 앙증맞은 털북숭이들이 하나둘 나타나 침대 주위에 동그랗게 모여 감탄하는 눈빛으로 잠든 벨의 얼굴을 바라보았다. 어둠 속에서 왕방울처럼 큰 눈이 따뜻하게 빛났다. 그들은 대부분 겁이 많은 편이었지만 그중 대담한 한 녀석이 화장대로 뛰어올라 벨이 쓰던 빗에서 그녀의 금빛 머리카락 몇 올을 떼어냈다.

그 시각 성의 정원에서는 가벼운 바람이 한 자락 일어나 키 작은 풀들을 살랑이고, 나뭇잎들을 흔들고, 고요한 연못에 잔잔한 물결을 일으켰다. 한밤의 자연이 들려주는 감미로운 멜로디였다. 그때 어디선가 반짝이는 반딧불이들이 홀연히 나타나 벨이 잠든 방의 창문으로 날아들었고, 그중 한 마리가

벨의 이마에 내려앉았다……

이리저리 몸을 뒤척이던 벨은 어지러운 꿈에 빠져들었다.

벨은 성안을 가로질러 컴컴한 어둠 속을 홀로 달리고 또 달리고 있었다. 그리고 복도 끝 모퉁이를 돌아선 순간 갑자기 발을 멈췄다…… 황금빛 암사슴 한 마리가 긴 속눈썹을 드리운 커다란 눈망울로 그녀를 바라보고 있었다.

황금빛 암사슴의 환영은 이내 반짝이는 반딧불이 무리가 되어 흩어져버렸다. 그리고 그녀는 이리저리 무리지어 날아다니는 반딧불이를 따라 눈부시게 밝은 빛을 내는 기다란 회랑에 다다랐다.

빛은 높이가 몇 미터나 되는 커다란 거울에서 쏟아져나오고 있었다. 테두리 장식으로 사슴 형상이 조각된 거울의 표면은 마치 연못처럼, 물결치듯 일렁이고 있었다. 그 거울 속으로 지난날 화려했던 성채가 보였다. 사방 벽은 아직 화사한 빛깔을 간직하고 있었고, 복도에는 갑옷을 입은 경비병들과 요리 쟁반을 높이 쳐든 하인들이 분주히 오가고 있었다. 그리고 벨은 거울 속에서 자신의 모습 대신 아몬드를 닮은

눈에 윤기가 흐르는 피부를 지닌 젊은 여인의 모습을 보았다. 금빛 머리카락을 곱게 땋아 허리까지 늘어뜨린 채 우아한 금갈색 실크 드레스를 입은 그녀의 당당한 모습은 어디로 보나 공주의 자태가 틀림없었다.

벨은 거울 속에 펼쳐지는 일들을 넋을 잃고 바라보았다. 그녀는 무언가 강렬한 감정에 사로잡힌 듯 보였다.

"그들이 돌아왔어! 그들이 돌아왔어!"

거울 속의 공주가 시녀들을 이끌고 돌계단을 서둘러 내려오며 소리쳤다.

갑옷을 입은 경비병 둘이 문을 열자 사냥개들이 요란하게 짖어대며 성안으로 밀려들어왔다.

그중 한 마리가 공주의 품에 뛰어올라 목덜미를 파고들듯 코를 비볐다. 공주는 개의 머리를 다정하게 쓰다듬어주고는 다시 바닥에 내려놓았다.

뒤이어 왕자가 들어왔다. 짙은 자주색 벨벳 더블릿* 차림의 그는 어깨에 엄청나게 큰 멧돼지를 짊어지고 있었다. 함

---

* 15~17세기 유럽에서 남자들이 입던 상의.

께 사냥을 나갔던 세 친구들도 저마다 사냥감을 지고 뒤따라 들어왔다.

죽은 짐승들을 본 공주의 얼굴에서 미소가 사라졌다. 왕자가 공주를 끌어안고 입을 맞추려 하자 친구들이 달려들어 둘을 떼어놓으며 말했다.

"안 돼, 암, 안 되지! 암사슴을 못 잡았는데 어림도 없다고!"

그러자 공주가 창백한 얼굴로 왕자를 밀어내며 나무라듯 말했다.

"아직도 그 분별없는 사냥을 포기하지 않은 건가요?"

왕자는 사랑하는 여인의 해쓱해진 얼굴은 알아채지 못한 채 푸념을 늘어놓았다.

"벌써 몇 해째 번번이 놓치고 있단 말이야. 하지만 난 포기 안 해. 반드시 잡게 될 거야. 그렇게 아름다운 암사슴은 본 적이 없거든…… 아, 물론 당신을 따를 수는 없지만. 이걸 좀 봐, 저 친구들이 준 선물이야."

왕자는 화살통에서 황금 화살을 꺼내 자랑스럽게 휘둘러 보였다.

"그 암사슴의 털빛과 똑같은…… 황금 화살 열 촉!"

공주는 차오르는 눈물을 감추기 위해 고개를 숙였다.

왕자의 세 친구들이 마실 것을 가지러 왁자하게 떠들며
식당으로 몰려가자 공주가 왕자의 손을 잡고 계단으로 이끌
었다.

"이리 오세요, 부탁이 있어요."

"당신이 바라는 건 뭐든지 들어주지."

왕자는 공주의 목덜미에 입을 맞추며 방으로 따라갔다.

"난 당신이 그 암사슴 사냥을 포기하면 좋겠어요."

공주의 말에 어리둥절해진 왕자가 뒤로 물러나며 물었다.

"대체 왜?"

"하루 온종일 사냥을 떠나 있는 당신을 기다리는 데 이제
지쳤어요. 당신 없이 나 혼자 이 성에서 끔찍할 만큼 외롭다
고요."

잠시 생각에 잠겨 있던 왕자는 공주의 눈동자를 똑바로
들여다보며 목소리를 낮춰 속삭였다.

"좋아, 그 대신…… 내게 아들을 낳아줘."

잠에서 깬 벨은 성안의 자신의 방이 꿈에 본 방과 똑같다는 것을 알아차렸다. 다른 것이 하나 있다면 잠이 든 그녀를 가까이 지켜보는 이가 왕자가 아니라…… 야수라는 것이었다.

겁에 질린 벨이 비명을 내지르려는 순간 야수는 바람처럼 사라졌다.

벨은 소스라치며 일어나 주위를 휘둘러보았다. 야수의 흔적은 어디에도 없었다.

하지만 방 한구석에는 황금색 실로 수를 놓은 기가 막히게 아름답고 화려한 에메랄드빛 녹색 드레스가 걸려 있었다.

제8장

　어둠 속에서 야수가 불쑥 튀어나올 것만 같은 두려움에 벨은 방 밖을 나서지 못하고 한참을 망설였다. 하지만 두려움보다는 호기심이 앞섰고, 벨은 마음을 가다듬고서 에메랄드빛 새 드레스로 갈아입었다. 그리고 성의 이곳저곳을 둘러보기 위해 방을 나섰다. 그녀는 무성하고 탐스럽게 피어난 꽃송이들을 감탄하는 마음으로 넋을 잃고 바라보다 가슴 한가득 백합 향기를 들이마셨다. 그때 작은 무당벌레 한 마리가 파닥거리며 하늘 위로 날아올랐다.

　오솔길을 돌아가자 울창한 풀밭이 펼쳐졌다. 벨은 그곳에

서 맛있게 풀을 뜯고 있는 자신의 말을 발견하고 뛸 듯이 기뻤다. 벨이 말의 콧등을 쓰다듬으며 귓가에 속삭였다.

"이제 우린 어떻게 되는 걸까? 난 결국 저 괴물한테 잡아먹히고 말 거야. 그리고 만일 내가 도망치면 우리 가족을 모조리 죽일 테고. 어차피 난 여기가 어디인지도 몰라……"

걱정스러운 마음을 늘어놓는 벨의 심정은 아랑곳없이 말은 그저 태평하게 풀만 뜯을 뿐이었다. 벨은 한숨짓고 자리를 뜨며 말했다.

"그래, 먹어라. 신선한 풀이나 실컷 먹어둬."

기울어진 나무 한 그루를 발견한 벨은 풍성한 치맛자락이 상하지 않도록 조심하면서 나무 위로 올라갔다. 나무 꼭대기라면 주위가 한눈에 들어올 테고, 그러면 자신이 갇힌 이 감옥의 끝이 어디인지 알 수 있지 않을까 하는 마음에서였다. 어쩌면 멀리 그리운 가족이 있는 집이 보일지도 몰랐다. 하지만 이 고요하고 수풀이 무성한 정원은 깎아지른 얼음 절벽으로 둘러싸여 있었고, 그 너머를 볼 수는 없었다.

벨이 성 쪽을 돌아보았다. 섬세하게 장식된 건물 외관, 그리고 자신이 머물던 방도 보였다. 까마귀 몇 마리가 불길하게

까악까악 울어대며 성탑 꼭대기를 맴돌고 있었다.

그때 아래쪽에서 바스락하는 소리가 들렸다. 벨은 깜짝 놀라 소리가 난 쪽을 내려다보았고, 낙엽들 사이로 찬란한 황금빛 짐승의 모습이 벨의 눈에 들어왔다.

벨이 꿈에서 본 그 암사슴이었다!

벨은 서둘러 나무에서 내려와 암사슴을 쫓아가기 시작했다. 암사슴은 미로 같은 오솔길을 폴짝폴짝 뛰어가더니, 어느 순간 갑자기 모습을 감추었다. 벨도 어리둥절해서 발을 멈추었다. 벨의 눈앞에는 새빨간 꽃송이들이 가득 달린 거대한 장미나무 한 그루가 서 있었다. 아버지가 가져온 그 비극의 꽃송이도 바로 이 나무에서 꺾은 것이리라 그녀는 생각했다. 이 나무가 가족을 덮친 모든 불행의 화근이었다. 벨은 장미나무를 돌아서 반대쪽으로 가다가 어지럽게 얽힌 뿌리 사이로 난 비밀 통로를 발견했다.

벨은 숨을 죽이고 발을 들여놓았다. 그리고 이리저리 뒤틀리고 구불대는 덩굴 같은 뿌리에 걸려 넘어지지 않도록 조심조심 앞으로 나아갔다. 거의 한복판에 이르자 두툼하게 쌓인 낙엽과 시든 꽃잎 아래 묻혀 있는 조각상이 언뜻 보였다. 낙

엽과 꽃잎을 헤치자 가슴에 박힌 화살을 양손으로 움켜쥔 여인의 조각상이 드러났다.

벨은 어쩐지 낯이 익은 그 얼굴을 유심히 바라보았다. 고통보다는 한없는 슬픔이 서린 얼굴이었다.

"내가 꿈속에서 본 공주가 당신이로군요." 벨이 나지막한 목소리로 말했다.

그리고 저 옛날, 아주 오래전, 이 저주받은 성에 살던 한 여인이 있었음을 알게 되었다. 그녀는 이곳에서 살고, 사랑하고…… 죽음을 맞이한 것이다.

벨이 조각상의 뺨을 가만히 어루만졌다.

"왜 내 꿈에 나타나는 거죠? 왜 내 꿈에 나타나 내 마음을 어지럽히나요?"

가슴이 메어와 벨은 황급히 발길을 돌렸다. 그리고 기괴한 감시자와의 저녁 약속 시간이 될 때까지 자신의 방안에 처박힌 채 꼼짝도 하지 않았다. 벨은 침대에 몸을 묻고 울음을 터뜨렸다. 낮에는 야수의 포로가 되어, 밤에는 혼령처럼 따라붙는 다른 여인의 과거에 매여 지내야 하다니 얼마나 슬픈 운명인가!

일곱시를 알리는 종소리가 들려왔지만 그녀는 마음을 추스르고 방 밖으로 나가고 싶지 않았다. 하지만 약속은 지켜야 했다……

결국 벨은 약속 시간이 십 분 지나서야 식당에 나타났다.

야수가 벽난로 옆에서 그녀를 기다리고 있었다. 너울대는 불꽃 위로 야수의 육중한 그림자가 또렷하게 드리워져 있었다.

"늦었군."

근엄한 목소리로 지적하는 야수의 말에 에메랄드빛 드레스를 입은 벨은 자리에 앉으며 퉁명스레 대꾸했다.

"절대 다시는 내 방에 오지 마요."

"여긴 내 집이야. 뭐든 마음대로 할 수 있지."

벨의 시선을 피하려는 듯 야수는 의자를 삐딱하게 돌려 앉으며 말했다.

"어디 한번 두고보자고요." 벨도 굽히지 않고 되받았다.

그녀의 자신만만한 태도에 야수가 놀란 눈으로 바라보았다. 벨은 기이하게도 인간의 눈을 닮은, 야수의 하염없이 깊고 푸른 눈동자에 사로잡혔다.

야수가 재빨리 고개를 돌리며 퉁명스럽게 내뱉었다.

"나 쳐다보지 마. 먹어."

"당신은요? 당신은 안 먹나요?"

"네 앞에선 안 먹어. 썩 유쾌한 구경거리는 아니니까."

살짝 신경이 곤두선 벨이 냅킨을 펼치려다가 바닥에 떨어 뜨렸다. 바닥을 더듬던 그녀의 손끝에 보드라운 털이 스쳤다. 식탁보를 들춘 그녀는 난생처음 보는 앙증맞고 신기한 생명 체를 마주하게 되었다. 왕방울만한 눈에 기다란 귀, 작고 귀 여운 분홍색 혀를 지닌 그것들은 한마디로 너무도 사랑스러 웠다. 벨은 싱긋 미소를 지어 보이고는 다시 몸을 일으켜 짐 짓 도도한 태도로 물었다.

"말을 좀 해도 되나요, 아니면 그저 어린애처럼 입 다물고 밥이나 먹어야 하나요?"

"그래, 지금 네 태도가 딱 건방진 어린아이 같군."

야수의 말에 벨이 포도주 잔을 입가로 가져가며 받아쳤다.

"날 유치한 어린애 취급하라고요, 차라리 그 편이……"

"거기다 엄청 수다스럽고."

"그냥 마음에 안 든다고 얘기해요! 나는 어쨌든 대화를 이 어가려는 것뿐이라고요!" 벨이 발끈해서 쏘아붙였다.

잠깐 동안 정적이 흐른 후 벨이 침묵을 깨고 다시 입을 열었다.

"어젯밤 정말 이상한 꿈을 꿨어요…… 꿈에 나온 건 분명히 이곳 같은데, 지금과 또 전혀 다른 모습이었어요. 대체 이 성은 누구 것이죠?"

"이 성벽 안에 있는 건 전부 내 거야."

"당신은 평범한 인간과는 달라요. 그런데도 결국 떠벌리는 말은 다른 사내들과 똑같군요. 뭐랄까, 조금 실망스러워요."

자신의 대담한 발언에 벨은 스스로 놀라 말을 멈추었다. 그러자 야수가 벌떡 일어나 벨에게 말했다.

"그래? 내가 널 실망시킨다고? 그 밖에 다른 불만이 있으면 어디 말해봐!"

벨은 잠자코 앉아 있었다. 그러자 야수가 다그치듯 말을 이었다.

"왜 아무 말 못하는 거지? 내가 그렇게 무섭나?"

야수가 어둠 속에서 한 발짝 나와 그녀 앞에 마주섰다. 짐승의 얼굴 한가운데서 번득이는 인간의 것인 듯한 깊고 푸른 눈동자는 참으로 무시무시하고도 매혹적이었다!

"난 낮이나 밤이나 당신이 어서 내 운명을 결정해주기만 기다리고 있어요. 그런데 당신은 날 장난감 생쥐처럼 갖고 놀잖아요……"

"네가 내 것이 되어준다면 네가 원하는 건 뭐든지 이뤄줄 수 있어……"

벨이 자리를 박차고 일어섰다.

"당신은 정말로 당신 같은 야수가 나 같은 여자를 기쁘게 해줄 수 있을 거라고 생각하나요?"

그러자 야수는 순식간에 테이블 위로 번쩍 뛰어올라 물병과 잔, 촛대 들을 와르르 쓰러뜨리며 벨의 코앞까지 무섭게 달려들었다.

벨은 지지 않고 야수를 노려보았다. 그녀의 눈이 점점 빨갛게 물들었다.

"그렇게 보지 마!"

으르렁거리는 야수의 명령에도 굽히지 않던 벨이 결국 야수의 말을 따랐다.

"내가 누군지는 내가 더 잘 알아. 얼마든지 버텨보시지, 어차피 넌 내 것이 될 테니까."

그때 테이블 밑에서 끽끽 울어대는 소리가 들려왔다. 앙증맞은 털북숭이들이 공포에 질려 서로 꼭 달라붙은 채 테이블 아래서 오들오들 떨고 있었다.

야수는 한차례 사납게 으르렁거리고는 어둠 속으로 사라졌다.

야수가 떠나자 벨은 촛대를 쥐고 꼿꼿하고 당당한 몸짓으로 자리에서 일어났다. 그리고 잰걸음으로 계단을 올라 방으로 돌아와 의자로 문을 가로막고, 입고 있던 드레스를 획획 벗어던지며 투덜댔다.

"처음부터 끝까지 반말에다 입만 열면 명령이네. '먹어라' '쳐다보지 마라' '이래라, 저래라'…… 두고봐, 그 짐승한테 예절이 뭔지 가르쳐주고 말겠어."

벨은 침대로 뛰어올라 애꿎은 베개에 주먹을 마구 날렸다. 그러다 갑자기 흠칫하며 손을 멈췄다.

"어, 이게 뭐지?"

금빛 머리카락이 몇 올 달린, 조금은 엉성하게 잔가지를 엮어 만든 인형이 베개 사이에 놓여 있었다.

벨이 웃음을 터뜨렸다.

"이거 나잖아? 나랑 꼭 닮았네! 정말 멋진 선물이다! 그런데 이렇게 예쁜 인형을 누가 만들어주었을까?"

어디선가 기쁨에 들떠 수런거리는 소리가 들리더니 대답이 흘러나왔다.

"타······ 둠······!"

벨이 방안을 휘둘러보았다.

"어디 숨었니? 겁내지 말고 나와봐, 안 잡아먹는다고! 좋아, 그럼 이걸 서랍장 위에 올려둘게. 내 곁에 두고 항상 볼 수 있을 거야."

그러자 침대 밑에 웅크리고 있던 타둠(앙증맞은 이 털북숭이들의 이름은 '타둠'이었다)들이 신이 나서 킥킥거리는 소리가 들려왔다.

한결 기분이 좋아진 벨은 황금빛 장미가 수놓인 포근한 털이불 속으로 들어가 잠을 청했다.

제9장

벨의 눈이 감기자마자 신비로운 바람 한 자락이 일어나 성 구석구석을 훑기 시작했다. 바람이 지나는 자리마다 빛바랜 벽지가 산뜻한 빛깔을 되찾고 크리스털 샹들리에가 찰랑찰랑 흔들렸다. 그리고 정원의 장미 덤불 속, 여인의 조각상의 가슴에 박힌 황금 화살에서 반짝이는 반딧불이들이 새어나왔다.

전날 밤처럼 반딧불이들은 벨이 잠든 방의 창문으로 날아왔다. 그리고 방안으로 들어와 벨의 머리 위를 맴돌았고, 벨은 또다시 이상한 꿈을 꾸었다······

이번에도 꿈속에서 벨은 황금빛 암사슴 모양을 이루며 떼를 지어 날아가는 반딧불이들을 쫓아가고 있었다. 불빛을 따라 성의 컴컴한 복도를 지나 무도회장에 다다랐고, 그곳에서 테두리에 사슴 형상이 조각된 커다란 거울이 눈에 들어왔다. 벨은 거울에서 흘러나오는 음악에 이끌려 조금 더 가까이 다가가 그 안에 펼쳐진 광경을 바라보았다. 거울 저편에서는 무도회가 한창이었다.

아름답게 단장한 귀족들에게 왕자 부부가 둘러싸여 있었다. 왕자가 입을 열자 음악이 중단되고 사람들이 일제히 말을 멈췄다.

왕자가 공주를 다정한 눈빛으로 바라보며 군중 앞에서 큰 소리로 말했다.

"벗들이여, 오늘은 매우 뜻깊은 날이오. 우리 왕국에 마침내 후손이 탄생합니다!"

이 기쁜 소식에 사람들은 환호하며 박수를 보냈다. 음악이 다시 울려퍼지고 왕자 부부가 춤을 추기 시작했다.

"당신, 어느 때보다 멋져 보여요." 공주가 왕자의 귓가에

속삭였다.

"그야 내가 지금 어느 때보다 행복하니까."

"하지만 그 약속을 잊으면 안 돼요."

"무슨 약속?"

"황금빛 암사슴을 살려주기로 한 약속 말예요."

축하객들로 떠들썩한 성대한 파티 속에서 너나없이 즐거워 보이는 다른 얼굴들과 달리 왕자의 얼굴이 불현듯 어두워졌다.

잠에서 깨어난 벨은 희미한 새벽빛이 새어드는 방 한복판을 마치 몽유병 환자처럼 빙글빙글 돌며 서성이고 있었다. 사람들의 웃음소리가, 파티의 흥겨운 멜로디가 여전히 귓가를 맴도는 것 같았다. 그녀는 밤 동안 방 밖으로 벗어난 적이 없었고 문도 여전히 의자로 가로막힌 채였다. 그런데 이번에는 방 한구석에 반짝거리는 보석들이 알알이 박힌, 영롱한 파란색의 훌륭한 드레스가 걸려 있었다!

벨은 새 드레스로 갈아입고 같은 색상의 리본으로 머리를 묶고 방을 나섰다. 야수의 비밀을 밝혀낼 작정이었다. 여기저

기 낡고 헐어버린 황폐한 복도와 어디로도 이어지지 않는 구름다리로 이루어진 이 미로 같은 성안에서 그녀는 몇 번이나 길을 잃었고, 누군가 계속해서 그녀의 뒤를 밟는 듯한 야릇한 느낌에 사로잡혔다.

사냥에서 얻은 전리품들이 걸려 있는 길고 긴 회랑을 지나던 벨이 갑자기 발을 멈추었다. 등뒤에서 가만가만 그녀의 뒤를 따르는 발소리가 들려오는 듯했기 때문이었다. 그녀가 걸음을 멈추자 뒤따라오던 발소리도 덩달아 잠잠해졌다. 벨은 자신을 뒤쫓던 이들을 놀래주려고 재빨리 벽에 걸린 장막 뒤로 몸을 숨겼다. 낡은 장막 사이로, 살금살금 발걸음을 옮기던 앙증맞은 털북숭이 타둠들이 갑자기 사라져버린 벨을 찾지 못하고 우왕좌왕하는 모습이 보였다. 그때 작은 거미 한 마리가 벨의 콧등에 내려앉았다. 벨은 소스라쳤고, 그 바람에 걸려 있던 장막이 떨어져버렸다.

작고 동글동글한 타둠들은 질겁해 끽끽 소리를 내며 사방으로 흩어졌다. 벨은 큰 소리로 깔깔거리며 치맛자락에 묻은 거미줄을 털어냈다. 그러다 갑자기 웃음을 멈추고는 장막이 떨어져나간 자리를 살폈다. 그곳에 어디론가 이어지는 비밀

통로가 나 있었다!

벨은 호기심에 이끌려 좁다란 나선형 계단을 오르기 시작했다. 어둠 속으로 끝없이 이어진 낡은 계단 끝까지 오르자 다락방 하나가 나타났다. 길쭉한 창문들 너머로 펼쳐진 일대의 전경과 성탑 주위를 끈질기게 맴도는 까마귀떼가 보였다. 바닥에는 보잘것없는 매트리스가 하나 놓여 있었는데, 움푹한 흔적 위에 떨어진 몇 올의 털을 보니…… 야수의 잠자리가 틀림없는 듯했다.

그때 까마귀 울음소리가 들렸다. 흰 천으로 덮어둔 벽 한구석의 액자 위에 까마귀 한 마리가 앉아 있었다. 벨은 액자를 향해 다가가 덮여 있던 천을 걷어냈다. 그리고 놀라움에 휩싸였다. 액자 속 그림은 바로 다정하게 손을 잡고 있는 꿈에 본 왕자와 공주의 모습이었다. 벨은 왕자에게서 눈을 뗄 수 없었다. 왕자가 자신을 뚫어져라 바라보는 듯한 기분이 든 것은 왜일까? 그저 그림일 뿐이지 않은가.

그날 저녁 벨은 약속 시간을 정확히 지켰다. 심지어 종소리가 울리기도 전에 일찌감치 식당으로 내려간 그녀는 야수를 기다리며 타둠들에게 오렌지를 한 조각씩 떼어주었다. 그중

한 녀석이 벗겨놓은 껍질을 채가더니 솜씨 좋게 꽃을 만들어 그녀에게 내밀었다.

"어머! 장미꽃이잖아!"

깜짝 선물에 대한 기쁨도 잠시, 그녀의 얼굴이 이내 어두워졌다.

"너희들은 여기서 우리 아버지도 만났겠구나……"

일곱시를 알리는 종이 울리고, 사랑스러운 티룸들은 일제히 테이블 밑으로 사라졌다. 등뒤에서 야수가 다가오는 것을 느끼고 벨은 몸이 뻣뻣해졌다.

"어제저녁엔 미안했어……" 야수가 입을 열었다.

벨은 말 잘 듣는 어린아이처럼 얌전히 앉아 수프를 먹을 뿐 말이 없었다. 야수가 말을 이었다.

"네가 이곳에 온 이후로 한결 분위기가 좋아졌다는 건 나도 인정해……"

야수가 날카로운 발톱 끝으로 벨의 파란색 실크 드레스를 어루만졌다.

"드레스가 잘 어울리는군. 벨, 내 선물들이 마음에 들어?"

그리고 목덜미 위로 찰랑찰랑 떨어지는 그녀의 구불거리

는 황금빛 머리카락을 스쳤다.

"한 마디도 안 하기로 작정한 거야?"

"가족이 보고 싶어요." 벨이 숟가락을 내려놓으며 대답했다.

"잊어버려. 이제 너한테 가족은 없어."

명령하는 듯한 야수의 말투를 참지 못하고 벨이 그를 정면
으로 응시하며 쏘아붙였다.

"당신은 당신의 과거를 그저 망각 속에 묻어두고 싶은 건
지도 모르죠. 하지만 난 달라요. 난 그럴 수 없어요."

"네가 나에 대해 뭘 알아?" 야수가 분개했다.

벨도 발끈했지만 이내 마음을 가다듬고 침착하게 말을 이
었다.

"맞아요, 난 당신에 대해 아무것도 몰라요. 우리 거래를 하
나 하죠. 몇 시간만 내 가족을 만나게 해주세요……"

"그럼 내가 얻는 건 뭐지?"

벨이 볼웃음을 지었다.

"춤을 춰드릴게요. 함께 왈츠를 추죠. 대신 당신은 우리 가
족을 만나게 해주고요."

"그러니까 지금…… 나한테 춤을 적선하겠다는 거야?"

"자신이 없다면 내가 리드할게요."

야수는 기쁨에 겨워 입을 다물지 못했다.

벨이 자리에서 일어섰다. 그러자 야수가 점잖고 기품 있게 팔을 내밀어 그녀를 무도회장으로 안내했다.

웅장한 무도회장 한복판. 야수는 벨을 향해 정중하게 고개를 숙여 인사했다.

벨은 야수에게로 한 발짝 다가섰다. 그리고 스스럼없이 그의 한쪽 앞발을 이끌어 자신의 허리를 감싸게 했고, 반대쪽 앞발을 마주잡았다. 야수는 자못 놀란 기색이었다. 야수의 날카로운 발톱이 몸에 닿는 것을 느낀 벨이 몸을 움찔거리자 야수는 얼른 발톱을 숨기며 물었다.

"나랑 춤추는 게 무섭지 않아?"

벨은 잠자코 빙글빙글 돌며 스텝을 이끌었다.

"나한테 그냥 다 맡기고 따라오기만 해요."

야수는 이내 안정적인 스텝으로 발걸음을 옮기기 시작했다. 멀리서 들려오던 희미한 멜로디가 무도회장 곳곳에 가득 울려퍼졌다. 벨은 눈을 감고 음악에 몸을 맡겼다…… 그러자 놀랍게도 마치 마법처럼 낡고 빛바랜 무도회장이 지난날의

화려함을 되찾았다. 야수의 품에 안긴 벨, 이 기묘한 한 쌍은 흥에 겨운 사람들에게 둘러싸인 채 찬란하게 빛나는 눈부신 크리스털 샹들리에 아래서 춤을 추었다. 벨이 야수의 눈 속 깊은 곳을 들여다보았다. 그들은 처음으로 두려움 없이 서로를 바라보았다. 그들의 스텝이 점점 빨라지며 분위기가 무르익었고, 주위에서 환성이 터졌다. 벨이 야수의 탄탄한 가슴에 살포시 머리를 기댔다. 그리고 잠시 후 그녀의 귓가에 속삭이는 야수의 목소리가 들려왔다.

"벨, 나를 사랑해주겠어?"

벨은 야수를 밀쳐내듯 황급히 그의 품에서 벗어나 뒤로 물러섰다. 마법은 깨졌다. 무도회장은 다시 침울하고 썰렁한 생기 없는 공간으로 변해버렸다.

"이건 거래였을 뿐이라고요. 이제 당신이 약속을 지킬 차례예요." 담담하면서도 냉정한 벨의 말을 야수는 한마디로 일축하며 차갑게 뒤돌아섰다.

"난 누구하고도 약속을 하지 않아."

멀어지는 야수를 향해 벨이 소리쳤다.

"당신은 왕자처럼 차려입고 으스대죠. 스스로 인간이라도

되는 줄 착각하고 있지만 실은 잔인하고 고독한 야수일 뿐이에요. 당신이 내게 수없이 선물을 안기며 내 마음을 얻으려고 온갖 노력을 해봤자 나는 당신이 역겨울 뿐이에요."

야수는 휘청거리며 방을 벗어나 벨이 자신의 모습을 볼 수 없는 곳에서 발을 멈췄다. 그리고 벽에 기대어 그녀가 쏟아낸 신랄한 말들을 고통 속에서 곱씹었다.

제10장

그날 저녁, 벨은 너무 흥분해서 잠을 이루지 못했다. 이불 밑에서 몇 번이나 뒤척이던 그녀의 귓가에 아래층에서 울리는 무거운 발소리가 들려왔다.

벨은 소리 없이 방을 빠져나와 사냥 전리품들이 있는 회랑으로 살금살금 발을 옮겼다. 그때 멧돼지 한 마리를 짊어진 야수의 모습이 보였다. 그녀는 서둘러 조각상 뒤에 몸을 숨기고 막 사냥에서 돌아온 듯한 그를 지켜보았다. 야수는 장막을 들추고 비밀 통로로 들어갔고, 벨은 숨을 죽인 채 그의 뒤를 쫓아 나선계단을 올랐다.

성탑 꼭대기의 다락방에 이르러 야수는 죽은 멧돼지를 내려놓고 왕자와 공주의 초상화 앞에 꿇어앉았다.

그리고 장화를 벗어 날카로운 발톱이 박힌 탄탄한 발을 드러내더니 으르렁거리며 멧돼지 위로 달려들어 사납게 물어뜯기 시작했다.

그 엄청난 광경에 벨은 충격을 받고 소스라쳐 뒷걸음질쳤다. 컴컴한 계단을 정신없이 뛰어내려가는 동안 심장은 거세게 두방망이질했다. 회랑과 계단을 지나 성을 빠져나와 내쳐 정원을 가로질렀다. 그녀는 잠시도 멈추지 않고, 전력을 다해 달리고 또 달렸다. 그리고 마침내 바깥세상으로 이어지는 바위틈에 난 출구를 찾아냈다. 영원한 봄날 같은 드넓은 정원을 등지고 겨울 숲으로 접어들며 벨이 야수의 영토를 벗어나는 순간 성난 포효가 밤하늘을 찢었다.

길을 가로막는 나뭇가지들과 층층이 쌓인 눈밭을 헤치고 나아가느라 벨의 발걸음이 더뎌졌다. 등뒤에서 야수의 으르렁거리는 소리가 가까워지고 있었다.

벨은 공포에 사로잡혀 필사적으로 달렸다. 하지만 불행히도 그녀는 곧 끝도 없이 펼쳐진 얼음 호수를 마주하게 되었

다. 궁지에 몰린 것이다.

흘끔 뒤를 돌아보자 흰 모피를 걸친 야수가 턱밑까지 따라오고 있었다. 이제 남은 길은 얼음판을 가로지르는 것뿐이었다. 벨은 얼음 위로 조심스럽게 몇 발짝 내딛었다. 그런데 그때 뒤따라오던 야수가 갑작스레 펄쩍 뛰어올라 날카로운 발톱으로 드레스 자락을 북 찢으며 그녀를 덮쳤다. 벨은 균형을 잃고 넘어지면서 빙판에 머리를 세게 부딪쳤다.

털을 곤두세우고 분노에 가득차 주둥이를 파들거리며 야수가 그녀를 위협적으로 내려다보았다. 추위에 하얗게 얼어붙은 그의 입김이 벨의 얼굴을 스쳤다.

"이제 내가 누군지 똑똑히 알았겠지. 그래, 난 다른 짐승들을 찢어 삼키는 짐승이야. 그러니 내가 역겹다고 어디 다시한번 말해봐. 말을 해보라니까……"

벨은 너무 두려워 아무 말도 할 수 없었고, 야수는 벨에게 입을 맞추려고 얼굴을 바싹 들이댔다.

둘의 입술이 맞닿으려는 순간 벨이 쓰러진 자리에서부터 얼음판이 쩍쩍 소리를 내며 사방으로 갈라지기 시작했다. 그들의 무게를 이기지 못하고 얼음판에 무서운 속도로 금이 가

고 있었다.

벨이 비명을 내질렀다. 얼음판이 완전히 부서지며 차갑고 어두운 호수 저 깊은 물속으로 몸이 가라앉고 있었다. 호숫물이 그녀를 완전히 집어삼키려는 순간, 야수가 번개처럼 앞발을 내뻗어 그녀를 건져올렸다. 야수는 꽁꽁 얼어붙어 덜덜 떨리는 벨의 몸을 어린아이 보듬듯 품에 안았지만, 벨은 정신을 잃고 말았다.

야수는 벨을 재빨리 성으로 옮겨 침대에 눕혔다. 그리고 손한 번 대지 않고 벨을 따뜻하게 지켜줄 벽난로에 불을 붙였다. 그런 다음 흰 모피 외투를 벗어 덮어주고는 걱정과 불안에 휩싸인 채 머리맡에 꿇어앉아 그녀 곁을 지켰다.

야수는 안절부절못하다 손을 꼭 움켜쥐었고, 그 바람에 털이불이 날카로운 발톱에 찢겼다.

그가 간절한 목소리로 말했다.

"벨! 내 곁에 있어줘! 당신이 날 사랑하지 않아도, 평생 이렇게 저주받은 채로 살아야 한다 해도 상관없어. 난 그저 계속 당신 곁에 머물고 싶어."

야수는 절망하며 침대에 얼굴을 묻었다. 그때 감긴 벨의 눈

이 스르르 떠졌고, 아주 짧은 순간 그녀는 야수의 앞발이 사람의 손으로 변한 듯한 착각에 사로잡혔다. 그리고 다시 정신을 잃었다.

이튿날, 해가 높이 떠오르도록 벨은 깨어나지 않았다. 여느 날이면 성 주변으로 산책을 나갔을 테지만 기력이 쇠한 그녀는 눈도 뜨지 못한 채 온종일 자리에 누워 꼼짝도 하지 않았다. 희미한 숨소리에 맞춰 보일락 말락 들썩이는 이불이 그녀가 아직 살아 있다는 유일한 증거였다.

해가 기울 즈음에도 벨은 여전히 정신을 차리지 못했다. 적막한 식당에 일곱시를 알리는 종소리가 공허하게 울려퍼졌다. 샹들리에 불빛들은 하나둘 차례로 꺼지고 성은 깊은 어둠에 잠겼다.

그사이 야수는 벨을 위해 아무것도 할 수 없는 처지를 괴로워하며 성탑 끝 자신의 비좁은 방안을 그저 서성일 뿐이었다. 어떻게 해야 벨이 다시 눈을 뜰까? 깊은 잠에 든 벨을 어떻게 다시 깨어나게 할 수 있을까?

석양 무렵이 되어 야수는 정원으로 내려왔다. 야수가 다가

가자 거대한 장미나무에 맺힌 싱싱한 봉오리들이 보드랍고 향긋한 꽃잎을 활짝 열었다. 야수는 한참을 유심히 관찰한 끝에 수많은 꽃송이 중에서 가장 아름다운 한 송이를 찾아 조심스레 정성스러운 손길로 꺾었다.

밤이 되자 야수는 더 견디지 못하고 벨의 방으로 조용히 찾아왔다. 야수는 다시 한번 침대 머리맡에 무릎을 꿇고, 슬픔이 일렁거리는 눈빛으로 벨을 내려다보았다.

야수는 투박하고 거친 앞발로 그녀의 이마를 한없이 부드럽게 어루만졌다. 그러자 벨이 스르르 눈을 뜨더니…… 마침내 의식이 돌아왔다. 야수가 싱그러운 장미 한 송이를 이불 위에 내려놓으며 말했다.

"마지막으로 한번 더 가족을 만나고 와도 좋아."

벨의 얼굴에 놀라움이 번졌다.

"정말인가요? 날 괴롭히려고 괜히 해보는 말은 아니겠죠?"

"하루를 주겠어. 그 이상은 안 돼. 새벽이 되면 떠나."

벨은 이제 완전히 기운을 차린 듯 거짓말처럼 몸을 벌떡 일으켰다. 그녀의 양 뺨에 혈색이 돌아와 다시 장밋빛으로 물들

었고, 눈동자도 영롱한 빛을 되찾아 반짝거렸다.

"그럼 준비를 해야지! 아, 너무너무 배가 고픈걸!"

타둠들이 신이 나서 킥킥거리며 과일 쟁반들을 짊어지고 방안으로 밀려들었다. 허둥대던 녀석들이 쟁반을 엎어서 사방으로 사과와 오렌지 들이 굴러갔다.

자수정 수반 가까이 다가가 몸을 굽혀 무언가에 열중하던 야수가 다시 벨에게로 돌아와 말했다.

"손을 내밀어봐."

"어느 쪽요?" 벨이 양손을 흔들어 보이며 대답했다.

"글쎄…… 아무 쪽이나. 왼손?……"

"설마 반지라도 끼워주려는 건 아니죠?"

"아, 조용히 좀 해, 제발!"

야수가 벨의 손바닥에 올려놓은 것은 붉은 산호 구슬 목걸이 한가운데 달린 조그마한 크리스털 유리병이었다. 유리병 속에 담긴 맑은 액체에는 점점이 미세한 빛들이 떠다니고 있었다.

야수가 진지하고 심각한 눈빛으로 벨을 바라보았다.

"알다시피 이 물에는 신비로운 치유의 힘이 있어. 만에 하

나, 불행히도 당신이 다치거나 무슨 일이 생기면……"

"아무 일 없을 거예요." 벨은 성급히 야수를 안심시켰다.

"벨…… 혹 돌아오지 않으면……"

"알아요, 당신이 우리 가족을 전부 죽일 거라고요." 무뚝뚝한 목소리로 이번에도 벨이 야수의 말허리를 잘랐다.

"아니, 난 몹시 괴로울 거라고."

고개를 돌려 시선을 피하는 야수의 대답에 벨이 약속했다.

"일곱시까진 반드시 돌아올게요."

제11장

동이 트자 벨은 말을 몰고 성을 떠났다. 산홋가지 모양의 머리띠를 하고, 붉은 망토 자락을 휘날리며 그녀는 말을 달려 빠르게 숲을 가로질렀다. 그녀가 지나는 자리마다 나무들이 순순히 가지를 접어 길을 열어주었다가 그녀의 등뒤로 곧바로 길을 닫았다.

그렇게 달리고 또 달려 아버지가 계신 시골집이 보이자 벨의 가슴이 벅차올랐다. 벨은 말에서 내려 집으로 달려갔지만 문은 잠겨 있었다. 기쁨에 한껏 들떠 벨이 문을 두드렸다.

아무도 대답이 없었다. 묘한 정적마저 감돌았다……

집을 한 바퀴 둘러보던 벨은 누군가 안에서 집 창문들을 황급히 닫아버렸다는 걸 알아차렸다. 벨의 가슴이 거세게 뛰기 시작했다. 대체…… 무슨 일일까?

그녀는 창문을 두드리려다 밖을 노려보고 있는 눈과 마주치고 소스라쳤다.

"거기 누구냐? 경고하는데, 우린 무장했어!"

'장바티스트 오빠? 언제나 침착하고 온화하던 오빠가 이런 험악한 목소리를 내다니 도대체 어떻게 된 거지?'

조금 당황한 기색의 벨이 망토 후드를 젖히며 큰 소리로 말했다.

"나야! 벨이야!"

안에서 환호성이 터져나왔다. 그리고 갑자기 가구들을 치우는 소리가 들리고 곧 문이 빼꼼히 열리더니, 누군가 손만 비죽 내밀어 그녀의 손목을 덥석 붙들고 재빨리 안으로 끌어당겼다. 벨은 도무지 영문을 알 수 없었다.

세 오빠는 엽총을 메고 있었다. 트리스탕이 제일 먼저 총을 내려놓고 달려와 벨을 얼싸안았다.

"내가 뭐랬어! 벨은 살아 있을 거랬잖아!"

막심과 장바티스트도 벨을 꼭 끌어안았다.

"벨! 보고 싶었다!"

동생을 다시 만난 기쁨에 겨워 있는 오빠들과는 달리, 벨은 건성으로 인사를 나누며 집 상태를 살피느라 여념이 없었다. 부엌은 그야말로 전쟁터에, 문 앞은 큼직한 궤짝 같은 수납장으로 가로막혀 있었고 창문들은 빈틈없이 막혀 있었다.

벨이 현관 옆에 망토를 걸고는 오빠들에게 따져 물었다.

"대체 왜 이렇게 엉망이야? 전투중인 요새라도 되는 것 같아. 그 총들은 또 다 뭐고?"

"그건 큰형에게 물어봐." 트리스탕이 침울한 눈을 내리깔며 입을 뗐다.

"그만 떠들고 가서 네 초소나 지켜!"

쏘아붙이는 막심의 말에 트리스탕도 굽히지 않고 대꾸했다.

"'초소'나 지키라니? 이제 아예 병사 취급하는 거야?"

"아, 또 시작이네. 제발 그만해!" 장바티스트가 긴 한숨을 내뱉으며 끼어들었다.

"그렇게 큰형만 감싸지 마! 그러는 작은형은 무서워서 몰

래 숨어서 포도주나 홀짝거리는 거 모를 줄 알아? 내가 다 봤어!"

"뭐? 너 날 겁쟁이 취급하는 거냐?"

거칠게 대드는 트리스탕의 말에 장바티스트가 얼굴을 붉으락푸르락하며 흥분했다. 두 형제가 치고받을 기세로 주먹을 쳐들자 벨이 끼어들었다.

"정말 왜들 이래? 다들 머리가 이상해진 거야?"

장바티스트가 풀이 죽어 고개를 가로저었다.

"그래, 그런지도 모르지, 네가 떠난 후로 말이야. 실은 돈 문제로 좀 곤란한 일이 생겼어…… 음…… 그러니까 우린 막심 형의 친구들이 찾아올까봐……"

장바티스트가 말끝을 흐리며 막심을 돌아봤지만, 정작 그는 딴 데 정신이 팔려 있었다. 옷걸이에 걸린 망토의 루비 단추에서 눈을 떼지 못하고 한참을 쳐다보던 그가 입을 열었다.

"걱정하지 마, 벨. 다 잘될 거야. 드디어 해결책을 찾은 것 같아. 그러니까 넌 2층의 네 언니들한테 올라가봐!"

벨이 두 언니의 방문 앞에 서자 안에서 소곤거리는 소리가 들렸다.

"도망쳐야 돼! 오빠가 진 빚 때문에 노예로 팔려갈 수는 없다고!" 안이 말했다.

"땀내나는 뱃사람들이 우글거리는 더러운 배로 팔려간다니, 생각만 해도 끔찍해." 클로틸드가 울먹이며 말했다.

"거기다 창고 청소도 해야 할걸!"

"우린 그런 험한 일은 할 줄 모르고, 뱃멀미도 심하다고 말해야겠어."

벨이 살그머니 문을 열자 두 언니는 후다닥 침대 뒤로 몸을 숨겼다. 어두컴컴한 방 한가운데로 걸어들어가 벨이 말했다.

"나 왔어!"

"얘, 클로틸드…… 지금 네 눈에도 저게 보이니?" 안이 떨리는 목소리로 속삭였다.

"저거…… 벨이 유령이 돼서 나타난 거지? 온통 피로 새빨갛게 물들었네!"

"언니들, 나라니까!"

벨이 두 언니를 보기 위해 몸을 기웃거리자 두 자매는 더욱 웅크렸다. 언니들의 그런 모습에 살짝 장난기가 발동한 벨이 짐짓 꾸며낸 목소리로 말했다.

"사랑하는 언니들, 이건 꿈이 아니야…… 분명히 나, 벨이야! 언니들한테 마지막 작별 인사를 하러 왔어."

안과 클로틸드는 새파랗게 질려 뒤로 물러났다.

"봤니? 쟤가 죽어서도 우리보다 더 예쁜 거."

불만에 가득찬 안이 중얼거리자 클로틸드가 맞받아쳤다.

"저 휘황찬란한 드레스는 어떻고. 분명 코르셋을 입었을 거야. 그러니까 허리가 저렇게 야리야리하지!"

벨은 두 팔을 벌리고 언니들에게 다가가며 말했다.

"언제까지나 언니들을 사랑할게. 기억해줘……"

"우리도 물론 널 영원히 가슴속에 간직할 거야." 안이 기어들어가는 목소리로 웅얼거렸다.

그때 어쩔 줄 몰라하던 클로틸드가 문득 속에 있던 말을 꺼냈다.

"저기 있잖아, 벨, 네 방을 차지한 건 안 언니 때문에 어쩔 수 없이 그랬어."

"어떻게 그럴 수가 있어? 언니들 너무했잖아!"

벨은 가짜 연극을 멈추고 두 언니에게 달려들어 간지럼을 태웠다. 겁에 질린 안과 클로틸드가 비명을 질러댔다.

"뭐야, 무서워서 혼났잖아." 안이 숨을 헐떡이며 놀란 가슴을 쓸어내렸다.

"그래, 말괄량이 같으니! 난 기절하는 줄 알았다고." 클로틸드도 투덜거리며 말을 보탰다.

흐뭇한 얼굴로 침대에 걸터앉으며 벨이 말했다.

"보기 좋게 속았지? 아무튼 재밌었어! 이제 아버지를 뵈러 가봐야겠어. 그다음에 대체 집이 왜 이 꼴이 됐는지 설명 좀 해줘."

점점 창백해지는 언니들의 안색을 살피며 벨이 다시 말을 이었다.

"아버지는 어디 계셔?"

안과 클로틸드는 난처한 기색으로 서로 마주보았다. 그러다 클로틸드가 눈물을 찍어내며 조그만 목소리로 먼저 입을 열었다.

"아버진 네가 떠난 후에 너무 슬퍼하시다가 몸져누우시고 말았어."

"이젠 아예 눈도 못 뜨셔." 안도 훌쩍이며 덧붙였다.

벨은 목이 메어왔다. 자리에서 벌떡 일어나 아버지의 방으

109

로 달려갔다.

상인은 어두컴컴한 방안에 홀로 누워 있었다. 숨을 쉴 때마다 가슴이 이따금 희미하게 들썩였다. 벨이 달려가 아버지의 손을 잡았다.

"저예요, 벨이에요, 제가 왔어요! 보세요, 아버지! 눈 좀 떠보세요! 제발요!"

미동도 하지 않는 아버지의 모습에 벨은 왈칵 울음을 터뜨렸다. 그녀는 눈물을 하염없이 흘리고 또 흘렸다. 하지만 운다고 달라지는 것은 아무것도 없었다. 상인은 여전히 눈을 뜨지 못했다.

벨은 애써 울음을 멈추고 아버지 곁에 바싹 다가앉아 그간 야수의 성에서 있었던 이야기를 들려주었다.

"사실 아주아주 오래전에 그 성에 살고 있던 건 멋지고 오만한 왕자였어요…… 그런데 그 왕자가 큰 잘못을 저질렀고 그 벌로 야수로 변해버린 거예요."

벨은 베개에 얼굴을 묻고 마음속 이야기를 털어놓았다.

"어떻게 해야 할지 모르겠어요. 그가 우리 가족에게 한 짓을 생각하면 끔찍해요. 하지만 저한테는 무척 다정하고 잘해줘

요. 그의 곁에 있으면 살짝 열도 오르고 가슴이 뛰고요……
그가 자꾸 제 마음을 흔들어요."

그사이 아래층에서는 막심이 계획을 실행에 옮기려 하고
있었다. 그는 옷걸이에 걸려 있던 벨의 붉은색 망토를 들어
손에 꼭 쥐었다.

원고를 훑어보던 장바티스트가 놀라 소리쳤다.

"뭐해? 아, 안 돼, 형이 그런 탐욕스러운 눈빛을 하면 꼭 일
이 터지더라고."

막심은 망토에 달린 루비 단추를 떼어내며 담담히 말했다.

"너 이렇게 커다란 원석을 본 적 있어? 야수의 성엔 이런
게 얼마든지 있는 게 분명해. 처음에 아버지가 성에서 가져왔
던 궤를 생각해봐. 자, 가자, 페르뒤카스가 집으로 들이닥치
기 전에 일을 해결할 수 있을 거야."

막심의 말을 듣고 장바티스트도 순순히 자리에서 일어나
막심을 따라나설 채비를 했다.

그러자 트리스탕이 질겁하며 두 형의 얼굴을 번갈아 쳐다
보며 물었다.

"설마 진짜 그런 짓을 하려는 건 아니지?"

"이게 유일한 기회야. 그럼 골칫거리들이 모두 한 방에 해결될 거라고." 막심이 말했다.

"안 돼! 못 가! 절대 못 보내!"

문 앞을 가로막는 트리스탕에게 막심이 짜증 섞인 목소리로 소리쳤다.

"어린애처럼 굴지 말고 저리 비켜!"

"절대 안 비킬 거야."

막심이 동생의 턱에 주먹을 날렸다. 트리스탕은 맥없이 픽 정신을 잃었고, 장바티스트가 쓰러지는 동생을 날쌔게 붙들어 가만히 바닥에 눕혔다.

두 형제는 뜰로 나가 재빨리 말에 올라타고 숲으로 향했다.

잠시 후 조금 후회하는 기색으로 장바티스트가 입을 열었다.

"형은 지금 벨을 배신하는 거야."

"아니, 그 반대지. 난 온 가족을 구하고 있는 거라고. 벨도 이해할 거다."

"호오, 형이 이제 우리들의 구세주다 그거야?"

"네가 도덕이나 양심 따위에 집착하는 건 다 두려움을 감

112

추기 위해서일 뿐이야. 사내가 되고 싶거든 위험을 무릅쓰는 것부터 배워라."

숲 가장자리에 다다르자 형제는 천천히 말을 멈추었다.

막심이 지평선을 뚫어질 듯 바라보며 긴장된 목소리로 말했다.

"곧 페르뒤카스가 올 거야. 여기서 놈을 막아야 해. 놈이 우리집으로 가려면 이 길목을 통과하게 되어 있어."

아무리 기다려도 페르뒤카스 일당은 나타나지 않았다. 그들을 누구보다 잘 안다고 자부했던 막심도 슬슬 초조해지기 시작했다. 그들은 벌써 몇 달째 막심을 닦달하고 있었고, 노름빚을 갚기 전에는 그를 절대 가만두지 않을 터였다. 그가 벨을 기만한 것은 사실이지만 그로서도 어쩔 수 없는 선택이었다.

막심이 말에서 뛰어내리며 한숨을 뱉었다.

"너도 안됐구나, 나 같은 놈 말고 좀 제대로 된 형을 만났으면 좋았을걸……"

장바티스트도 형 가까이 내려서며 말했다.

"갑자기 왜 괜한 소리를 하고 그래? 뒤쪽은 내가 감시할 테

니까 걱정 마."

잠시 후 말 울음소리와 함께 시끌시끌한 고함소리가 들려
왔다. 한 무리의 사내들이 말을 몰고 달려오고 있었다. 맨 앞
에서 무리를 이끌고 있는, 얼굴 이쪽 끝에서 저쪽 끝까지 긴
칼자국이 난 페르뒤카스도 보였고, 그의 등뒤로 아스트리드
가 긴 갈색 머리를 휘날리며 바싹 붙어앉아 있었다.

두 형제는 이내 그들에게 둘러싸였다. 페르뒤카스가 거들
먹거리며 다가왔다.

"어이, 여기서 뭘 하시나? 허물어져가는 시골집까지 가서
야 볼 줄 알았는데? 봐라, 얘들이 네 누이들을 만난다고 한껏
멋을 내고 왔잖아."

막심이 가볍게 목을 한번 가다듬고 입을 열었다.

"거래를 하나 제안하지."

"이제 너하고는 더이상 거래 같은 건 안 해. 그동안 너무
많이 봐줬다고."

"그래? 이걸 보면 판단이 달라질 텐데?" 막심이 외투 주머
니에서 루비 단추를 꺼냈다.

페르뒤카스는 루비 단추에 정신이 홀린 듯 눈을 떼지 못한

채 휘파람을 불며 외쳤다.

"제법인데!"

그러고는 막심의 손에서 날쌔게 물건을 채갔다.

"그건 버려진 성에서 나온 거야. 내가 거기로 데려다줄 테
니 거기서 나머지 보물들을 챙기고 대신 내 빚을 없애줘."

페르뒤카스가 루비 단추를 흔들어 보이며 아스트리드에게
말했다.

"봤어, 아스트리드? 딱 네 입술 색이다."

그는 한껏 탐욕스러운 웃음을 흘리며 보석을 호주머니에
챙겨넣었다.

"그래서, 이런 게 거기 얼마나 있는데?"

"꽉꽉 채워 몇 궤는 될걸."

페르뒤카스가 막심의 목을 손끝으로 겨누며 위협적으로
말했다.

"날 실망시키지 마라, 아가야. 이것이 마지막 기회라는 걸
명심해."

막심이 결연한 목소리로 대답했다.

"그럼 저들을 정렬시켜 내 뒤를 따라와."

페르뒤카스의 손짓에 사내들이 줄을 맞춰 늘어섰다.

그리고 막심은 말의 귀 가까이 몸을 숙여 무어라고 속삭였
다. 한낱 짐승에게 무슨 말이라도 하는 건지 페르뒤카스는 영
문을 알 수 없었다.

다음 순간 그의 눈앞에 믿을 수 없는 광경이 펼쳐졌다. 말
이 땅을 박차고 바람처럼 나아가자 나뭇가지들이 일제히 휘
어지고 덤불들이 쩍쩍 갈라지며 온 숲이 그들 앞에 길을 터주
고 있었다.

이미 저만치 앞서가는 두 형제를 가리키며 페르뒤카스가
무리를 향해 소리쳤다.

"얘들아! 보물이 기다린다! 출발!"

제12장

벨은 오빠들이 무슨 일을 꾸미고 있는지 아무것도 모른 채 아버지 곁에서 잠들어 있었다. 벨이 곤히 잠든 사이 그녀의 빨갛고 고운 드레스 주름 사이에서 반딧불이 한 마리가 살짝 모습을 드러냈다. 반딧불이는 파닥거리며 방안을 날아다니다가 벨의 이마에 살포시 내려앉았고, 벨은 또 한번 기이한 꿈에 빠져들었다······

벨은 황금빛 암사슴의 뒤를 쫓아 어둡고 적막한 숲속을 달리고 있었다. 암사슴은 그녀를 몇백 년쯤 묵은 듯한 떡갈

나무에 박힌 마법의 거울 앞으로 인도했고, 곧 그 거울 속으로 들어가버렸다……

거울 저편은 대낮이었다. 황금빛 암사슴은 연못가에서 평화롭게 물을 마시고 있었고, 왕자와 그의 세 사냥 친구들은 덤불 뒤에 몸을 숨긴 채 사슴을 노리고 있었다.

"저 팔딱거리는 가슴이랑 반들반들한 털 좀 봐."

"난 체취마저 느껴지는 것 같아."

"이제 정말로 끝장을 볼 때가 됐어."

그토록 가까운 곳에서 황금빛 암사슴을 마주하고 한껏 들떠 속닥거리는 세 친구들의 말에 왕자가 불쑥 끼어들어 못을 박았다.

"저건 내 몫이야, 알겠지?"

물을 마시던 아름다운 사슴이 문득 고개를 들어 촉각을 곤두세우고 주위를 살피더니 날쌔게 몸을 돌려 숲으로 내달렸다.

숲으로 도망친 사슴을 사냥개들이 요란하게 짖어대며 맹렬한 기세로 추격했고, 왕자와 세 친구들도 울긋불긋 물든 나무들을 헤치며 그 뒤를 바짝 쫓았다. 암사슴의 황금빛 털

이 낙엽들과 뒤섞여 눈을 어지럽혔다. 어렵사리 사슴을 몰아가던 그들은 다시 성의 정원에 이르게 되었다.

사슴을 발견한 왕자는 말고삐를 늦추고 신중하게 석궁을 겨누었다. 화살은 달려가던 암사슴의 가슴팍에 명중했다.

잔뜩 흥분한 개들이 정신없이 짖어대는 소리와 사냥 성공을 축하하는 친구들의 환성 속에 왕자는 말에서 내려 쓰러진 사슴을 향해 다가갔다. 실낱같이 붙어 있는 사슴의 마지막 숨통을 끊어놓기 위해 다시 한번 활을 겨누던 그는 더이상 발걸음을 옮기지 못하고 그 자리에 그대로 굳어버렸다. 긴 속눈썹에 아몬드를 닮은 커다란 눈망울로 사슴이 그를 바라보고 있었다. 사슴의 그 눈빛…… 너무도 친숙한 그 눈빛은 그에게 세상 무엇보다 소중한 것이었다.

암사슴은 점점 인간의 모습으로 변하기 시작했고, 왕자의 악몽은 현실이 되어갔다. 눈앞에 쓰러져 있는 것은 그의 사랑이자 그의 생명과도 같은 공주였다. 공주의 왼쪽 가슴에는 그가 쏜 황금 화살이 박혀 있었다.

왕자는 무릎을 꿇고 주저앉아 공주를 품에 안았다. 사냥개들이 사방에서 목청이 터지도록 시끄럽게 짖어댔고, 왕자

의 친구들은 앞발로 땅을 구르며 날뛰는 말을 진정시키느라 정신이 없었다.

"안 돼! 안 돼! 이럴 수가…… 날 봐, 대답 좀 해봐, 이건 현실이 아니라고 제발 말해줘."

나지막하고 비통한 왕자의 목소리에 공주는 마지막 힘을 다해 눈물범벅이 된 그의 얼굴을 어루만지며 대답했다.

"난 숲의 요정이에요. 인간들이 사랑이라 부르는 게 뭔지 알고 싶어 인간의 모습이 되었던 거예요. 그리고 바로 당신을 만났지요, 왕자님."

"나를 용서해줘……" 왕자는 터져나오는 울음을 참지 못하고 소리내 울었다.

그때 주위가 돌연 어두워지더니 그들의 머리 위로 먹구름이 몰려와 하늘을 뒤덮었다. 공주가 하늘을 우러러보며 애원했다.

"숲의 신이신 아버지! 제가 사랑하는 이를 살려주세요. 그를 통해 당신의 딸이 영원하고 충만한 사랑을 맛보았으니, 아버지, 부디, 이 사람을 살려주세요!"

하늘을 향해 간절히 애원하던 그녀는 마지막 말을 남기고

그의 품에서 숨을 거두었다.

　바로 그 순간, 시간이 멈춰버린 듯했다. 앞발을 들고 미쳐 날뛰던 말들도, 그 위에 올라탄 왕자의 세 친구들도, 시끄럽게 짖어대던 사냥개들도, 겁이 나서 도망치던 하인들도 그대로 그 자리에 가만히 굳어버렸다……

　그리고 시커먼 하늘을 뒤흔들며 우레 같은 커다란 목소리가 울려퍼졌다.

　"네가 내 딸을 죽였으니 그 벌로 너는 짐승이 되어라. 오직 한 여인의 진실한 사랑만이 너를 구할 수 있다. 하지만 과연 어떤 여인이 너 같은 걸 사랑해주겠느냐? 너는 영원히 저주받으리라!"

　왕자는 자신이 저지른 잘못과 그것이 초래한 끔찍한 결과에 전율하며 몸을 일으켰다.

　화살이 박힌 공주의 가슴에서 피가 솟아나 땅에 스며들었다. 그러자 피처럼 붉은 꽃송이가 열린 장미나무 한 그루가 자라났다. 이윽고 성난 하늘 아래 가시 돋친 줄기들이 빠르게 뻗어가고, 초록색 잎사귀들이 돋고, 새빨간 꽃봉오리들이 활짝 피어나며 일찍이 아무도 본 적 없는 크고 아름다운

장미나무가 거대한 덤불을 이루었다.

짙게 낀 구름이 흩어지며 하늘에 불그스레한 석양빛이 번졌다.

붉게 물든 석양빛 아래 왕자는 끔찍한 고통에 시달리듯 온몸에 경련을 일으켰다. 그리고 살갗이 털로 뒤덮이고 손가락 발가락이 무시무시한 맹수의 발톱으로 변하는 광경을, 날렵하고 우아했던 자신이 짐승으로 변해가는 과정을 그저 바라볼 수밖에 없었다……

그는 이제 더이상 인간이 아닌 야수의 모습을 하고 있었다.

벨이 소스라치며 눈을 떴다. 커다란 충격에서 헤어나오며 가슴을 쓸어내리는 순간 그녀의 손끝에 야수가 준 작은 유리병이 느껴졌다.

"맞아! 왜 진작 이 생각을 못했지!"

벨은 떨리는 손으로 유리병을 열어 아버지의 입술 사이로 마법의 액체를 몇 방울 흘려넣었다. 그리고 아버지가 깨어나기를 초조하게 기다렸다.

잠시 후 상인이 천천히 눈을 떴다.

"벨!"

상인은 기력을 되찾고 몸을 일으켜 가장 사랑하는 딸을 얼싸안았다.

"벨! 얼마나 보고 싶었는지 모른다!"

벨이 아버지의 주름진 얼굴과 쭈글쭈글한 손 한가득 입맞춤을 퍼부었다.

"그런데 아버지, 미리 말씀드릴게요. 전 그곳으로 돌아가야 해요. 하지만 아버지를 영영 떠나버리는 거라고는 생각지 마세요."

상인이 따스한 눈빛으로 딸을 물끄러미 바라보았다.

"안다, 애야, 염려 말거라. 그보다 너, 뭔가 달라진 것 같구나…… 눈빛도…… 목소리도."

벨은 미소를 지어 보였다.

그때 문이 벌컥 열리더니 트리스탕이 욱신대는 턱을 문지르며 나타났다.

"벨! 형들이……"

그는 다시 기운을 차린 아버지를 보고 너무 놀랍고 기뻐 말

을 잇지 못했다.

"아버지! 아버지! 어떻게…… 아, 정말 다행이에요!"

트리스탕은 이 놀라운 소식을 안과 클로틸드에게 알리러 뛰어나갔다.

상인은 머리맡 탁자에서 손수건을 하나 꺼내 조심스럽게 펼쳐 보였다. 그 안에는 야수의 성에서 꺾어온 장미 한 송이 가 곱게 싸여 있었다. 어디 한 군데 상한 데 없이 꽃잎은 여전 히 새빨갛고 부드러웠다.

"자, 약속했던 장미다. 그동안 전해줄 기회가 없었지."

"그냥 아버지가 가지고 계세요. 그걸 볼 때마다 저를 생각 해주시고요." 벨이 아버지의 손을 꼭 잡으며 말했다.

기쁨에 겨운 환성과 쿵쿵대는 발소리에 복도가 소란스러 워지는가 싶더니 이내 상인의 나머지 두 딸이 방으로 뛰어들 었다.

"아버지!" 안이 외쳤다.

"오늘은 죽은 줄 알았던 사람들이 다 살아나는 날인가봐! 내 인생 최고의 날이야!" 클로틸드도 소리쳤다.

안과 클로틸드는 아버지 품에 달려들어 입을 맞추었다. 벨

도 그들 사이에 끼어 함께 얼싸안았다. 세 자매는 아버지를 꼭 껴안고 놓아주지 않았다.

상인이 딸들의 머리를 쓰다듬으며 짐짓 목소리를 높였다.

"그만해라, 그만들 해! 진정들 하거라, 얘들아, 내가 숨이 막히잖니. 이렇게 다들 모인 걸 보니 정말 행복하구나……"

하지만 안타깝게도 좋은 일에는 늘 끝이 있었고, 곧 거실의 괘종시계가 여섯시를 알렸다.

벨이 살며시 몸을 빼고 돌아서서 빠르게 계단을 내려갔다.

"서둘러야 해! 그런데…… 오빠들은 어디 간 거지?"

트리스탕이 침울한 얼굴로 그녀의 망토를 내밀었다.

"큰형이 루비 단추를 떼어갔어. 말도 타고 가버렸고. 작은 형도 따라갔어. 내 힘으론 말릴 수가 없었어. 미안하다, 벨!"

벨은 울어야 할지 화를 내야 할지 몰라 그저 망토만 내려다 보았다.

"아, 너무했어! 어떻게 이런 바보 같은 짓을! 이제 어떡하면 좋지? 성으로 가는 길을 아는 건 그 말뿐인데, 난 일곱시까지 돌아가야 해!"

"나도 형들을 말리려고 했어. 정말이야. 다른 말을 타고 뒤

쫓아가보자. 서두르면 곧 따라잡을 수 있을지도 몰라."

"알아, 트리스탕 오빠 아무 잘못 없다는 거. 가자, 당장 떠나자."

남매는 집에 있던 다른 말 위에 나란히 올라탄 후 성 쪽으로 힘차게 내달렸다. 길에는 아직 생생한 흔적이 남아 있었다. 숲 가장자리에 도착한 그들은 눈밭 위에 난 수십 개의 말발굽 자국을 발견했다. 막심과 장바티스트에게 다른 일행이 있는 게 분명했다. 남매도 흔적을 따라 숲으로 들어갔다. 하지만 그들 앞을 가로막는 수풀은 갈수록 우거지고 발길은 갈수록 더뎌졌다. 앞서 간 말들이 오솔길을 벗어난 것은 틀림없었지만…… 말발굽 자국은 바늘 하나 들어갈 틈도 없어 보이는 빽빽한 가시덤불숲 앞에서 끊겨 있었다. 트리스탕이 천천히 우회할 길을 찾아봤지만 헛일이었다.

"더 가는 건 무리야. 덤불숲을 뚫고 지나가는 건 불가능해. 그들은 대체 여길 어떻게 통과했는지 모르겠네."

벨은 속수무책의 상황 앞에 의기소침했지만 고집을 꺾지는 않았다.

"하지만 우리도 가야 해. 난 일곱시까지 돌아가야 한단 말

이야!"

불안이 그녀를 잠식했다. 그녀는 야수가, 또 오빠들이 걱정되어 견딜 수 없었다. 곧 비극이 엄습하리라 그녀는 직감했다.

그때 나뭇가지에 걸린 하얀 것이 눈에 들어왔다. 찬찬히 살펴보던 벨이 소리쳤다.

"내가 처음 성에 가다가 잃어버린 리본이야! 그러니까 여기서 그리 멀지 않을 거야, 틀림없어!"

벨이 말에서 내려 덤불숲을 헤치고 들어갔다. 하지만 무수한 가시들이 그녀의 머리칼과 옷자락을 가차없이 잡아채며 그녀를 막아서는 듯했다. 벨은 극심한 고통으로 터져나오는 비명을 삼켰다.

"벨, 돌아와! 그런 식으로는 못 가. 너만 다칠 뿐이야."

"아니, 난 갈 거야." 그녀가 눈물을 삼키며 되뇌었다.

벨은 얼굴과 팔이 상처투성이가 된 채 필사적으로 덤불숲 한가운데까지 기어갔지만 결국 쓰러지고 말았다. 하얀 눈밭에 새빨간 핏방울이 떨어졌다. 그녀가 눈을 감고 중얼거렸다.

"숲의 신이시여, 제 청을 들어주세요! 그의 곁으로 돌아가

게 해주세요. 그것이 저의 유일한 소원입니다. 그것이 제가 '이 세상 무엇보다' 간절히 바라는 거예요······"

그러자 기도에 화답이라도 하는 것처럼, 신비로운 바람 한 자락이 일어나 나뭇가지들이 가볍게 파르르 흔들리더니 덤불숲이 갈라지며 비밀의 길이 드러났다. 그 길 끝으로 야수의 성과 안개 속에 잠긴 높다란 성탑이 보였다.

벨이 다시 말 위에 올라탔다. 트리스탕은 눈앞의 기적에 말을 잃었다.

"대체 이게 무슨······ 어떻게 이런······"

"자, 가자!"

말은 남매를 태우고 마법의 오솔길을 바람처럼 달리기 시작했다.

제13장

트리스탕과 벨이 숲을 가로지르는 사이, 막심과 장바티스트는 페르뒤카스 일당과 함께 바위틈으로 야수의 영토에 들어섰다. 두터운 안개가 정원 전체를 에워싸 보이는 것은 오직 높다란 성탑뿐이었다. 사내들은 제각기 총과 도끼와 망치를 들고 말에서 내렸다.

점술가 아스트리드는 땅에 내려선 순간 불길한 예감에 사로잡혔다. 사방에 일렁이는 짙은 안개가 마치 망토처럼 그녀의 어깨를 감싸며 긴 머리카락을 어루만지는 것 같았다. 그녀는 한 걸음도 떼지 않고 가만히 그 안개 속으로 신중하게 손을 뻗었다.

"왜, 뭐가 느껴져?" 페르뒤카스가 물었다.

"위험과…… 마력……"

"마침 둘 다 우리가 좋아하는 거네?"

페르뒤카스가 크게 소리내어 호탕하게 웃고는 부하들에게 명령했다.

"너희 넷은 정원을 샅샅이 뒤져. 나머지는 나를 따라 성으로 간다."

그러고는 막심과 장바티스트를 향해 총구를 겨누며 말을 이었다.

"앞장서시지, 친구들. 인사도 없이 슬그머니 사라질 생각은 안 하는 게 좋을 거야."

사내들이 일대에 흩어져 주변을 들쑤시는 동안 아스트리드는 몇 발짝 뒤로 물러서서 여전히 불안하고 경계하는 눈빛으로 주위를 살피고 있었다. 그때 두터운 안개를 뚫고 반짝이는 불빛 하나가 그녀의 눈길을 사로잡았다. 불빛에 이끌린 듯 그녀는 그 빛을 따라 발걸음을 옮겼다. 빛은 거대한 장미 덤불에서 흘러나오고 있었다. 덤불 사이로 한 걸음 더 가까이

다가간 그녀는 반딧불이들이 환히 비추고 있는 여인의 조각상을 발견했다. 조각상의 가슴 한복판에 박힌 황금 화살이 신비로운 빛을 내뿜고 있었다.

그때 안개 속에서 페르뒤카스의 목소리가 울렸다.

"아스트리드! 이리 와! 혼자 돌아다니지 말고 내 옆에 붙어 있으라고."

아스트리드는 불현듯 충동에 휩싸여 황금 화살을 뽑았고, 서둘러 페르뒤카스 곁으로 돌아갔다.

그는 성을 에워싼 해자 근처에서 부하들과 함께 성문을 부수는 데 쓸 육중한 나무를 베고 있었다.

"어디 있다 왔어?"

"만일 내가 지금 당장 떠나야 한다고 말하면 날 따라올 거야?" 아스트리드가 조금 컬컬한 목소리로 나지막이 말했다.

그녀의 불안한 눈빛을 보고 놀란 것도 잠시, 페르뒤카스가 그녀의 손에 들린 화살에 눈독을 들였다.

"그거 황금이야? 이리 내봐!"

"이 화살에는 무한한 힘이 깃들어 있어. 느껴져. 이건 우리한테 단순한 재물 그 이상의 것을 가져다줄 거야…… 이걸

지니고 있으면 사람들이 우릴 우러러보게 될 거라고. 우린 그 모든 것 위에 군림할 수……"

페르뒤카스가 웃음을 터뜨렸다.

"황금 무더기를 얻게 될 거라 장담할 땐 언제고, 이제 와서 이런 화살 하나로 만족하라고? 지금 농담해?"

"나랑 떠나. 어서 이곳을 벗어나자. 여긴 저주받은 곳이 야."

아스트리드가 그의 팔을 붙잡고 애원했지만, 그는 차갑게 뿌리치며 쏘아붙였다.

"네 꿍꿍이가 뭐야? 나는 여기 접근 못하게 하고선 나중에 혼자 와서 내 보물을 다 차지할 속셈 아냐?"

그에게 떠밀려 아스트리드가 하마터면 벼랑으로 떨어질 뻔했다. 이를 본 장바티스트가 불끈해서 나서려 하자 막심이 말렸다.

"아서라, 연인들 싸움에 끼어들지 마. 괜히 골치 아파져."

낙담한 아스트리드가 페르뒤카스 앞에 주저앉았다.

"내 말을 못 믿겠다면 카드 점괘라도 믿어줘. 지난번 주점 에서 본 카드 점에서 난…… 죽음을 봤어."

"내가 죽는다는 거야, 아님 네가?"

"어느 쪽이 낫겠어?"

"둘 다 아니지, 자기야! 어차피 확실하지도 않다니 말이야……"

페르뒤카스가 황금 화살로 장바티스트를 가리키며 돌연 나긋나긋한 목소리로 이기죽거렸다.

"오늘 누구 하나가 꼭 죽게 되는 거라면 은근히 널 챙겨주는 저 샌님일지도 모르지! 너 때문에 목숨 바치는 게 저 녀석이 처음은 아닐 테지, 안 그래?"

페르뒤카스는 새파랗게 질린 채 뒷걸음질치는 장바티스트에게서 황금 화살을 거두어 가죽 화살통에 집어넣고 부하들을 재촉했다.

"이제 수다는 그만두고, 어서 저 성문을 열어라!"

사내들은 한껏 뒤로 물러났다가 통나무를 앞세워 힘차게 돌진했다. 페르뒤카스가 아스트리드의 손목을 붙들며 말했다.

"일단 성으로 들어가면 내 옆에 꼭 붙어 있어."

"난 안 들어가. 저 문턱을 넘지 말라는 경고가 느껴진다고." 그녀가 되받았다.

몇 번 충격이 가해지자 거대한 나무 문이 흔들리기 시작했다. 사내들은 연신 뒤로 물러났다 더욱 거세게 문을 들이받았다. 그리고 마침내 불길한 소리를 내며 성문이 뚫렸다.

그 기세를 몰아 일제히 안으로 달려든 사내들은 식당 문도 부수고 들어갔다. 막심과 장바티스트는 반쯤 넋을 잃은 채 페르뒤카스 일당이 약탈하는 현장을 바라볼 뿐이었다. 그들은 벽난로 장식의 사자 눈에서 루비를 뜯어내려고 조각상을 산산히 부수고, 황금 사슴뿔도 깨뜨렸다. 또 커다란 자루에 은식기들도 마구잡이로 쓸어 담았다. 보잘것없어 보이는 것들은 거침없이 불태워버렸다.

"자, 자, 힘을 내자, 얘들아! 위층에도 쓸어 담을 것들이 아직 한가득이다!"

페르뒤카스가 사기를 북돋우려 큰 소리로 외치자 사내들도 거칠게 소리를 내지르며 노획품이 든 자루들을 높이 쳐들었다.

천장을 따라 뻗어나간 덤불 사이, 야수는 어둠 속에 몸을 숨긴 채 이글거리는 눈으로 그 광경을 지켜보고 있었다.

제14장

저마다 묵직한 자루를 짊어진 사내들이 신이 나서 왁자지
껄하게 떠들며 성을 나왔다.

"자루 속에 금은보석이 한가득이니 우린 이제 엄청난 부자
야!"

페르뒤카스도 다리 건너편에서 기다리는 아스트리드에게
돌아오며 말했다.

"네가 틀렸어. 봐, 안에선 아무 일도 없었다고."

그가 그녀의 길고 구불거리는 갈색 머리를 들추고 그녀의
턱을 어루만지며 말을 이었다.

"좀 웃어라. 좋은 기분 망치지 말고. 이제부터 네 소원은 뭐든 다 들어줄 수 있어."

"무슨 소원? 너랑 같이 죽게 해달라는 소원?" 그녀가 쓸쓸한 미소를 지었다.

페르뒤카스가 불룩한 호주머니를 톡톡 두드려 보이며 대꾸했다.

"앞으로는 너의 그 불길한 카드 점괘 따위는 믿지 않을 거야. 뭐든지 내가 결정한다고!"

그들은 온 길을 되밟아 정원을 가로지르기 시작했고, 막심과 장바티스트는 묵묵히 그 뒤를 따랐다.

오솔길 모퉁이에 접어들었을 때쯤 갑자기 새들이 우르르 날아올랐다. 앞장서서 나아가던 사내가 순간 발을 멈췄다. 안개 속에서 뭔가 움직이고 있는 것 같았다. 사내는 경계를 늦추지 않고 조심조심 앞으로 나아갔다. 그리고 그는 몇 발짝 떼지 못하고 그 자리에 얼어붙었다.

풀밭 한복판에서 엄청나게 큰 돌 거인의 한쪽 손이 손가락을 하나하나 펼치며 솟아오르고 있었다.

반쯤 넋이 나간 사내는 그 기괴한 광경에서 눈을 떼지 못한

채 뒷걸음질쳤다. 이윽고 그 거대한 손이 풀밭을 짚었고, 땅이 들썩이며 한쪽 팔과 우람한 어깨 한쪽이 드러났다.

공포에 질린 사내는 외마디 비명과 함께 자루를 떨어뜨렸다. 그 바람에 자루 속의 보물들이 풀밭에 와르르 쏟아졌다. 그가 뒤를 돌아보며 말을 온전히 잇지 못하고 떠듬댔다.

"조…… 조…… 조심해……"

"쟤가 지금 뭐라고 웅얼거리는 거냐?" 짙은 안개 속에서 더듬더듬 그의 뒤를 따라 발걸음을 옮기던 페르뒤카스가 조롱하듯 말했다.

"거…… 거……"

사내는 미처 말을 마치지 못했다. 어마어마하게 커다란 손이 안개를 뚫고 튀어나와 그를 덥석 움켜쥐었다.

귀를 찢는 비명이 울리더니 잠시 후 하늘에서 사내의 몸뚱이가 털썩 떨어져 땅속 깊숙이 처박혔다.

아스트리드는 눈을 들어 돌 거인을 바라보았다. 돌 거인은 성난 눈빛으로 그들을 쏘아보고 있었다.

페르뒤카스는 재빨리 총을 뽑아들고 방아쇠를 당겼다. 총알에 코가 날아가자 거인은 뒤로 주춤하며 사납게 으르렁거

렸다.

"놈을 산산조각 내버려!"

페르뒤카스의 명령에 그의 부하들이 일제히 총을 쏘아댔고, 거인은 물러날 수밖에 없었다. 괴물이 간단히 처치되자 그들은 우쭐하며 깔깔 웃음을 터뜨렸다.

하지만 승리의 기쁨도 잠시, 그들 발밑의 땅이 천천히 흔들리기 시작했다. 이내 땅속에서 또다른 거인 둘이 솟구쳐 일어났고, 이를 본 페르뒤카스 일당은 입가에 미소가 싹 가신 채 그대로 얼어붙었다.

거인들이 머리끝부터 온몸이 흙과 나무 뿌리로 뒤덮인 채 땅속에 잠들어 있다 몸을 일으키자 꽃잎과 나뭇잎, 자갈 들이 비처럼 쏟아져내렸다. 사람들은 혼비백산해 사방으로 뿔뿔이 흩어졌고, 코가 깨진 거인이 격노하며 그중 하나를 밟아 짓뭉갰다.

바로 그 순간 트리스탕과 벨이 야수의 정원에 도착했다. 사방에서 처참한 비명이 들려왔고, 안개 속은 도망치는 사람들로 뒤엉켜 그야말로 아수라장이었다.

"오빠들은 어디 있지?"

138

걱정스러운 목소리의 벨의 물음에 트리스탕이 손가락으로
가리켜 보이며 대답했다.

"저기, 저 악당 페르뒤카스 옆에."

막심과 장바티스트는 어떤 사내와 함께 거인에게 쫓겨 안
개 속을 이리저리 뛰어다니고 있었다. 벨이 이마 위로 손을
올려 그쪽을 더 자세히 살피자 돌 거인의 어깨 위에 올라타
거인을 말처럼 몰고 가는 야수가 눈에 들어왔다.

벨은 세 거인에게서 꿈에 본 왕자의 사냥 친구들의 모습을
발견해냈다. 그들도 왕자처럼 저주에 걸린 터였다. 그들은 자
신들의 땅에 함부로 들어온 못된 침입자들을 한 사람도 살려
두지 않으려는 듯 보였다.

"오빠들이 위험해!"

벨은 두려움에 사로잡혀 소리쳤다. 그리고 오빠들을 구하
기 위해 무작정 달려갔다.

어깨에 야수를 태운 거인이 거대한 돌 주먹을 크게 빙빙 휘
두르자 막심이 허공에 붕 떠올랐다가 바닥에 털썩 나가떨어
졌다. 허리를 다친 그가 필사적으로 기어가며 숨을 곳을 찾았
다. 장바티스트가 달려왔다.

"아냐, 너라도 살아야지! 벨한테 나 대신 용서를 구해줘." 막심이 말했다.

"용서는 나중에 형이 직접 구해."

장바티스트는 막심의 어깨를 부축해 안전하게 몸을 피할 수 있도록 분수 뒤로 끌고 갔다.

어디선가 어렴풋하게 그르렁거리는 소리가 들려와 두 형제는 소리가 나는 쪽으로 눈을 들었다. 조금 전 막심을 때려 눕힌 그 거인이 여전히 야수와 함께 그들을 굽어보고 있었다. 주먹을 쳐들고서 당장이라도 그들을 파리처럼 짓뭉개버릴 태세였다.

그때 벨이 뛰어나와 두 팔을 벌리고 가로막았다.

"멈춰요!"

야수가 사납게 울부짖었다. 돌 거인은 내리치던 주먹을 벨의 머리 위에서 아슬아슬하게 거두고 그대로 멈춰 섰다.

그 순간 페르뒤카스가 날쌔게 벨을 덮쳐 그녀의 목에 칼을 들이댔다.

"너 보아하니 쓸모가 있겠어." 그가 나지막한 목소리로 말했다.

야수는 거인의 팔에서 펄쩍펄쩍 뛰어내려와 날카로운 발톱을 모조리 세운 채 페르뒤카스 앞에 바짝 다가섰다.

"그녀를 놔줘!"

야수의 말소리에 질겁한 페르뒤카스는 방패를 앞세우듯 벨을 자기 앞에 가까이 끌어당겼다.

"내가 왜 그래야 하지? 넌 뭐냐? 사자? 아님 덩치 큰 고양이?"

"네 피에 굶주린 짐승."

"어디 한번 실컷 그르렁거려보시지, 얼마든지 들어줄 테니. 하지만 네 귀여운 인형이 망가지는 게 싫거든 날 곱게 보내라."

페르뒤카스는 야수의 위협에도 굴하지 않고 이기죽거렸다. 그는 벨이 손아귀에서 빠져나가려 발버둥칠수록 더욱 단단히 붙잡았고, 그러다 벨은 결국 칼날에 살을 베이고 말았다. 상처에서 흘러내린 새빨간 핏방울이 발아래 떨어지자 그 자리에 진홍색 꽃송이가 활짝 피어났다.

이 광경에 흠칫 놀란 페르뒤카스는 손아귀 힘이 풀려 벨을 놓쳤고, 그 틈에 야수가 덤벼들었다. 야수의 공격에도 페르뒤

카스는 물러서지 않고 칼을 들어 그를 위협했다.

"내 칼이 얼마나 매서운지 보여주지, 이 짐승……"

하지만 페르뒤카스는 말이 채 끝나기도 전에 야수가 휘두른 발에 칼을 놓치며 보기 좋게 나동그라졌다.

"너야말로 내 발톱이 얼마나 매서운지 보게 될 거다."

페르뒤카스의 목숨은 이제 야수의 손에 달려 있었다. 칼은 너무 멀리 떨어져 있었다. 공포에 질린 채 초조하고 불안한 눈초리로 두리번거리던 그는 아스트리드와 눈이 마주쳤고, 문득 어떤 생각이 떠올랐는지 화살통에 넣어둔 황금 화살로 손을 뻗었다. 그를 지켜보던 아스트리드가 세차게 고개를 가로저었다.

그때 어디선가 절규하는 목소리가 울려퍼졌다. 벨이 야수 앞에 무릎을 꿇고 애원하고 있었다.

"제발…… 당신도 한때는 인간이었다는 것을 기억해봐요! 저 하찮은 인간을 너그럽게 용서해주고, 오빠들도 그냥 보내주세요. 중요한 건 내가 여기, 당신 곁에 함께 있다는 것이잖아요."

벨의 간청에 야수는 잠시 흔들리는 듯했다. 그리고 그것이

142

그에게 치명적인 순간이 되어버렸다. 야수가 머뭇거리는 틈에 추스르고 일어난 페르뒤카스가 그의 가슴 한복판에 화살을 날린 것이다. 야수는 정신을 잃고 바닥에 털썩 쓰러졌고, 벨이 찢어질 듯한 비명을 내질렀다.

이윽고 거센 바람이 일어나 안개가 흩어지고 핏빛 태양이 드러났다. 세상의 종말을 알리는 듯한 그 빛을 뒤로하고 페르뒤카스는 아스트리드에게 이끌려 과연 도둑다운 모습 그대로 도망치듯 서둘러 자리를 떴다.

깊은 상처를 입고 쓰러진 야수 곁에 주저앉아 오열하던 벨이 오빠들을 돌아보며 소리쳤다.

"그를 성안으로 옮겨야 해!"

아픈 허리를 붙들고 일어선 막심까지 세 형제가 모두 힘을 합쳐 간신히 야수를 들어올렸다.

성채로 이어지는 다리를 건너려는 순간, 해자 저 깊은 곳에서 와르릉거리는 불길한 소리가 들려왔다. 비비 꼬인 장미 덩굴이 살아 움직이듯 사방에서 휙휙 뻗어나오더니 그들의 앞을 가로막았고, 그들은 뾰족한 가시가 돋친 덩굴들을 피해 거의 기다시피 몸을 웅크리고서야 성안으로 들어갈 수 있었다.

그들은 야수를 떠메고 높은 계단을 힘겹게 올라갔다. 여전히 음산한 바람 소리와 함께 장미 덩굴은 무시무시한 뱀처럼 서로 휘감으며 그들을 향해 달려들었다. 날카로운 가시들은 벽지를 갈기갈기 찢어놓았고, 억센 줄기들은 조각상들을 칭칭 감아 산산조각 냈다. 가시나무의 분노에 휩싸인 성은 지진이라도 난 것처럼 무너져내리고 있었다. 궁륭천장에서 커다란 돌덩어리가 마구 떨어지며 그들의 발치에서 부서졌다.

가까스로 벨의 방에 도착한 그들은 미친듯이 날뛰는 가시덩굴들이 방안으로 들어닥치기 직전 아슬아슬하게 방문을 걸어잠갔다.

"자수정 수반으로! 빨리!"

벨의 지시에 따라 세 형제는 야수의 몸을 마법의 물속에 담갔다.

"숨소리가 들리지 않아!"

벨이 하얗게 질린 채 울먹이는 가운데 가시덩굴들은 더욱 거세게 들이치며 방문을 흔들기 시작했다.

벨은 수반 가까이 몸을 숙여 야수의 셔츠를 찢었다. 그의 가슴 한복판에 금빛 화살이 깊숙이 박혀 있었다.

성벽을 타고 올라온 가시덩굴들이 이제는 건물 바깥에서도 그들을 위협하고 있었다. 덩굴들이 맹렬하게 공격해오는 통에 창유리가 산산조각이 났다.

타둠들은 침대 밑에 숨어 오들오들 떨며 끽끽 울어댔고, 트리스탕은 열심히 손짓을 해가며 그들을 진정시켰다.

막심이 결연한 얼굴로 가시덩굴에 맞서 칼을 빼들고 소리쳤다.

"자, 얘들아, 용기와 힘을 모으자!"

장바티스트와 트리스탕도 수반 앞에 서서 용맹한 기사들처럼 칼을 빼들었다.

오로지 야수의 상태를 살피느라 여념이 없는 벨은 주위의 혼란에는 조금도 아랑곳하지 않았다. 각오를 한 듯 심호흡을 하더니 야수의 가슴에 박힌 황금 화살을 단숨에 뽑아올렸다.

그러자 잠시 후 야수가 천천히 눈을 떴고, 그를 지켜보던 벨이 부드러운 목소리로 속삭였다.

"저녁식사를 놓쳤잖아요."

"그래서 아쉽다는 말처럼 들리는데……" 야수가 꺼져가는 목소리로 대답했다.

"아뇨, 괜찮아요. 앞으로도 기회는 얼마든지 있으니까요."

야수는 깊고 푸른 눈으로 벨을 지그시 바라보며 조심스럽게 물었다.

"당신이 나를…… 정말 혹시라도, 억지로라도 함께하다가라도 좋고, 아니면 습관이 굳어져서라도 좋아…… 언젠가는 나를 사랑해줄 수 있겠어?"

벨이 몸을 기울여 그의 귀에 속삭였다.

"난 이미 당신을 사랑하는걸요."

크리스털처럼 맑은 벨의 눈물 한 방울이 뺨을 타고 흘러내려 자수정 수반 안에 떨어졌다. 그러자 점점이 반짝이는 수많은 빛들이 다시 신비로운 광채를 내며 깊은 상처를 입은 야수의 주변을 맴돌았다. 그때 일곱시를 알리는 종소리가 들려오기 시작했다. 첫번째 종소리가 울려퍼지며 온 성안을 뒤흔들었고, 그 울림은 방안, 그리고 그 너머까지 퍼져나갔다. 그러자 이윽고 성을 마구 부숴대던 장미 덩굴들이 그대로 굳어버린 듯 거짓말처럼 공격을 멈추었다.

벨은 경탄 어린 눈으로 야수를 바라보았다. 눈앞에서 야수가 인간으로 변하고 있었다. 뻣뻣한 털 대신에 풍성한 머리칼

이 자라났고, 사나운 발톱이 박힌 짐승의 발은 단단한 사람의 손으로, 육중하고 둔해 보이는 몸통이 사내의 훤칠한 몸으로 변했다. 팔다리도 온전한 모습을 되찾았고, 사자 같던 주둥이는 사라지고 사랑과 너그러움과 기쁨으로 빛나는 얼굴이 드러났다. 하지만 그의 깊고 푸른 눈동자, 묘하게 인간의 것처럼 보이던 그 눈동자만은 변하지 않은 채 그대로였다.

꿈속에서 보았던 왕자가 바로 앞에 있었다. 위엄 있고 용감하고 당당한, 하지만 오만해 보이는 구석은 찾아볼 수 없는 왕자. 그의 눈동자에는 한없는 부드러움이 담겨 있었다. 그가 고마운 마음을 전하며 벨의 손을 맞잡았다. 한 여인이 그를 사랑했고, 그리하여 저주는 풀렸다.

벨의 사랑이 그를 구한 것이다.

에필로그

　작은 방 안, 해 질 무렵의 따스한 석양빛이 호화로운 범선 그림이 그려진 침대를 물들이고 있다. 젊은 여인이 가죽 장정의 두툼한 책을 가만히 덮고서 표지에 그려진 장미꽃을 손끝으로 부드럽게 어루만지며 말했다.

　"자, 이것으로 끝났단다. 이제 잘 시간이다, 얘들아."

　양 볼이 통통한 사내아이가 자세를 고쳐 앉으며 남은 이야기를 재촉했다.

　"아녜요, 엄마. 아직 이야기 안 해주신 부분이 있어요! 그래서 그 나쁜 사람들은 어떻게 됐는데요?"

"응…… 그들은 썩 행복한 결말을 맛보지는 못했단다. 너희들이 들으면 무서워할 것 같은데."

"얘기해주세요, 엄마!" 여자아이도 황금빛 곱슬머리를 찰랑거리며 졸라댔다.

"좋아…… 악당들은 멀리 달아나지는 못했어. 다들 얼마 못 가 돌 거인들한테 짓밟히고 말았지. 아스트리드와 페르뒤카스도 함께 손을 잡고 도망쳤는데, 아스트리드가 돌부리에 걸려 넘어지자 페르뒤카스는 두말없이 그녀를 버리고 혼자 가버렸어. 비명이 들리거나 말거나 그는 뒤도 돌아보지 않았단다. 그녀는 뒤를 바짝 쫓아오던 거인의 단단한 돌 주먹 아래 깔리고 말았고."

"으……" 깜짝 놀란 듯한 여자아이의 입에서 작은 소리가 새어나왔다.

"그럼 페르뒤카스는 어떻게 됐어요?" 사내아이가 물었다.

"숲 가장자리에 닿은 그는 이제 살았다고 안도했지. 그리고 마지막으로 성을 돌아봤어…… 그런데 그 순간 그는 꼼짝도 할 수 없게 되었어. 정말로 두 다리가 땅에 뿌리내린 것처럼 전혀 말을 듣지 않았던 거야! 그의 발밑에서 돋아난 가시

덤불들이 옷을 뚫고 튀어나와 호주머니가 다 찢어졌고, 그 바람에 훔친 보석들은 전부 바닥으로 흘러내렸어. 그는 공포에 사로잡혀 자기 손을 내려다봤는데, 온몸이 가시로 덮이고 있었어. 인간 가시덤불로 변하고 만 거야!"

사내아이의 눈이 휘둥그레졌다.

"저런! 그럼 귀여운 타둠들은요?"

"야수가 왕자로 변하면서 타둠들도 원래 모습을 되찾고 개로 변했어. 그리고 평생 주인 곁을 지켰지. 아주 충직한 녀석들이었거든."

"알았다, 벨과 왕자는 결혼해서 행복하게 살았고 아이들도 아주 많이 낳았죠? 다른 동화들도 다 그렇게 끝나잖아요. 그런데 벨의 언니 오빠는 어떻게 됐나요?"

젊은 여인은 찬바람이 들지 않도록 이불을 잘 덮어 다독여 주며 딸아이의 물음에 대답을 이어나갔다.

"다들 도시로 돌아갔단다. 오빠들은 인쇄소를 열어 장바티스트의 책들을 출간했어. 두 언니는 좋은 집안의 쌍둥이 형제와 결혼했고, 쌍둥이들이 어찌나 똑같이 생겼는지 어느 쪽이 자기 남편인지 한 번도 제대로 구별한 적이 없었다나?"

사내아이가 웃음을 터뜨렸다.

"결국 결혼해서도 계속 붙어서 지냈군요. 그럼 벨의 아버지는요?"

여인이 아이의 뺨을 쓰다듬으며 대답했다.

"큰 화원을 차려 늘 꽃을 가까이했단다."

"어! 우리 할아버지처럼요?"

"그래, 할아버지처럼. 좋은 꿈 꾸거라. 내 소중한 천사들."

여인은 신기하다는 듯 동그란 눈으로 바라보는 아들의 이마에 입을 맞춰주고는 몸을 기울여 딸아이를 살짝 껴안았다. 그녀의 목에는 붉은 산호 구슬 목걸이가 걸려 있고, 아이는 목걸이 가운데 달린 반짝이는 크리스털 유리병을 만지작거린다.

"엄마, 이거…… 책에 나오는 벨의 목걸이랑 비슷한 것 같아……"

"어머, 그런 것 같니?"

젊은 여인은 장난스러운 표정을 지어 보이고는 입술에 손가락을 갖다대며 아이들을 다독였다.

"쉿! 잘 자라, 귀염둥이들."

"엄마도 안녕히 주무세요. 세상에서 제일 예쁜 우리 엄마……" 아이들도 자그마한 소리로 입을 모아 속삭였다.

그녀는 방문을 살며시 닫고 계단을 내려와 창가에 앉아 있는 노신사에게 다가갔다. 그는 창밖으로 붉은 장미꽃이 화려하게 피어난 정원을 내다보고 있다.

"애들은 잠들었니?"

"예, 아버지. 우리 이야기가 무척 마음에 든 모양이에요."

그녀는 정원으로 나갔다. 어딘지 타둠을 떠올리게 하는 귀엽고 익살스러운 개들이 달려와 그녀를 에워쌌다.

노신사는 빨간 장미 꽃밭 한복판에서 사랑하는 이의 품에 안기는 딸의 모습을 바라보며 흐뭇한 미소를 지었다. 그는 행복했다. 그의 삶은 아름다운 장미와 좋은 기운들로 충만했다.

찬란한 석양빛 아래 왕자와 벨이―그렇다, 그들은 바로 이야기 속의 정말 그 왕자와 벨이었다!―긴 입맞춤을 나누었다. 그리고 저물어가는 태양을 바라보는 동안, 멀리서 일곱시를 알리는 종소리가 울려퍼졌다.

지은이 **크리스토프 강스**
프랑스 영화감독, 제작자. 프랑스 국립영화학교 이덱을 졸업했다. 영화, 만화, 게임 등
다양한 장르에서 영감을 얻는 그는 기발한 상상력을 바탕으로 독특하고 감각적인 영
상미가 돋보이는 영화를 연출해왔다. 〈늑대의 후예들〉〈사일런트 힐〉등에 이어, 뱅상
카셀과 레아 세이두가 주연한 〈미녀와 야수〉를 자신만의 스타일로 완성시켰다.

지은이 **바네사 뤼비오바로**
파리 소르본 누벨 대학에서 현대문학과 언어학을 전공했다. 크리스토프 강스가 시나리
오를 쓰고 연출한 〈미녀와 야수〉를 소설로 옮겼다.

옮긴이 **홍은주**
이화여자대학교 불어교육학과 및 동대학원 불어불문학과를 졸업했다. 현재 일본에 거
주하며 프랑스어와 일본어 번역가로 활동하고 있다. 옮긴 책으로『상실 연습』『악연』
『미크로코스모스』『녹턴』『일곱 방울의 피』『모두, 안녕히』『고로지 할아버지의 뒷마무
리』등이 있다.

문학동네 세계문학
미녀와 야수

초판인쇄 2014년 6월 3일 | 초판발행 2014년 6월 16일

원작 마담 드 빌뇌브 | 지은이 크리스토프 강스, 상드라 보안, 바네사 뤼비오바로
옮긴이 홍은주 | 펴낸이 강병선

책임편집 김미혜 | 편집 염현숙 | 독자모니터 이수경
디자인 강혜림 최미영 | 저작권 한문숙 박혜연 김지영
마케팅 정민호 이미진 박보람 양서연 | 온라인마케팅 김희숙 김상만 한수진 이천희
제작 강신은 김동욱 임현식 | 제작처 영신사

펴낸곳 (주)문학동네
출판등록 1993년 10월 22일 제406-2003-000045호
주소 413-120 경기도 파주시 회동길 210
전자우편 editor@munhak.com
대표전화 031) 955-8888 | 팩스 031) 955-8855
문의전화 031) 955-1927(마케팅) 031) 955-8868(편집)
문학동네카페 http://cafe.naver.com/mhdn | 트위터 @munhakdongne

ISBN 978-89-546-2485-5 03860

www.munhak.com